戀愛偏差值

Born To Be
My Baby

by 袁晞

也曾經　受傷害　不期待　下一次的花開
但你說　相信愛　跌倒不算失敗
原來你是最美的意外
努力勇敢去愛　幸福的節拍
一個人跑不快　兩個人精彩
勇敢去愛　幸福很簡單　我躲在你胸懷
把悲傷都倒帶　枯萎的心換一換　把灰塵拍一拍
向寂寞說掰掰　有個他　在不遠處等待

——〈幸福的節拍〉．楊丞琳．詞／吳易緯．曲／陳威全

楔子

如果說所謂的命運般邂逅都必須發生在某個美好到令人永生難忘的時間點，那麼，我可以百分之百確定，現在走進社辦而且還因為背光而看不清臉蛋的女孩，絕對不可能是我的命定少女。

因為，眼前的少女雖然看不清臉，但是光看那逆光勾勒出來的體態，就讓我完全提不起勁。

是的，我從來就不否認自己是個外貌協會。

我不只是個外貌協會，而且以我的程度來說，基本上大家要是尊稱我一聲「會長」，我也會欣然接受、當之無愧。

因此，我根本懶得理會讓陽光射進灰暗社內的少女，把視線調回手中的劇本。

嗯咳。

少女發出類似清理喉嚨的聲音。

接著，她無視我的無視，還是開了口。

「請問，社長在嗎？」

「不在。」

我乾脆地回答，順手把劇本翻到下一頁，希望她看懂我的暗示，知道我懶得搭理她，下了逐客令。

「不在？」

「不在。」

「明明就約好了……還真是沒信用的傢伙。」少女發出不滿的聲音。

這句話傳到我耳裡，我不禁抬頭。

之所以抬頭並不是因為她抱怨了本社社長，然後打算替社長挺身而出；而是因為，她的聲音狠狠刺進我耳中。

難道是她嗎？！

我放下劇本，退開椅子起身，轉了個角度後終於看清楚眼前的少女。

果然是她。

踏破鐵鞋無覓處，得來全不費工夫——

那個當眾讓我自尊受創的傢伙，如今竟然就這麼出現在我眼前！

我注視著她，她那不算大也不算特別可愛的眼睛無所懼地回望著我。

看來，她要不是臉皮特別厚，要不就是記憶力特別差，根本不認得我。

一想到這裡，火氣又上來了。

這所學校裡，竟然還有人敢認不得本大爺？！

當然，這些惱怒（或者該說新仇舊恨）我並沒有表現在臉上，只是淡淡揚起淺笑，「同學，妳找社長有什麼事嗎？我是戲劇社副社，有事也可以跟我說。」

少女微皺眉，似乎評估著我是否可靠。在某一個瞬間她似乎認出我的臉，但那神情隨即消逝。

「我跟陳望峰約好，要請他跟我一起拍短片，說好今天下午在戲劇社社辦見的。」

拍短片？

那傢伙的心願是拍謎片才對吧。

「他沒跟我提過今天跟妳有約，我只知道他家好像臨時有事，中午就回家了。」

「這樣啊。那打擾了。」少女點點頭，看來打算就這麼離開。

「欸同學。」

「唔?」

我想了一下，「方便留一下妳的姓名班級嗎?我如果碰到陳望峰可以告訴他。」

「二年禮班，申茉莉。申請的申，花朵的茉莉。」

申茉莉?老實說依妳的姿色叫作生煎包比較實在吧。

而且還是用鐵鍋煎的那種。

「是說，」我清了清喉嚨，「方便問一下，妳找陳望峰是要拍什麼短片嗎?」

上海生煎包，不，申茉莉短短的手指滑過比一般同齡少女更短的下巴，稍微遲疑了一下，才答道，「我拜託他跟我合拍一段短片，是要參加抽獎的。」

「抽獎?」

「對。」申煎包露出了「該不會連抽什麼獎都想知道吧」的表情。

我保持著笑容，「是很好玩的抽獎嗎?」

她一臉「果然」，然後再度遲疑了一下，說道，「是參加一個作者辦的活動。要拍書裡男女主角互動的片段然後寄過去，可以抽限量明信片。」

什麼蠢活動。

等等，怎麼我印象中好像班上也有其他人在玩？

好像是有幾個女生來找男生一起拍短片……

我試著喚醒零碎的記憶，「……是那個什麼水滴魚的抽獎活動嗎？」

「喔！你竟然有聽過——不過不是水滴魚，是亮亮魚。」申煎包的表情很有戲，現在臉上換寫著「竟然有男生知道這作者」幾個字。

「好像有其他同學也在錄影片……」我想了想，覺得這是報仇的好時機，於是露出無害天真又可愛的表情還張大眼睛，問道，「如果是要參加抽獎的話——我幫妳拍也可以吧？」

「欸？！」短下巴申煎包往後退了一步，「你說笑吧？」

我依舊一臉無害，「都專程約了陳望峰，那代表這抽獎對妳來說很重要吧，既然如此，那按照計劃早點拍完，不是比較好嗎？」

申煎包狐疑地打量著我，再度閃過似乎覺得我很眼熟的神情，她偏著頭（就是那種如果是少女時代還是AKB48來做會好看一萬倍的動作），猶豫著。

「還是，非要陳望峰跟妳一起拍不可？」這時我當然以退為進，加強攻勢。

她搖搖手，「那倒不是……不過，你是……」

「都忘了自我介紹。我是戲劇社副社長何書培。」

就是那個努力演出《東方快車謀殺案》裡的名偵探白羅結果被妳批評成「這麼差勁的演技，去演卡塞第的屍體還差不多」的主演。

還不止，上次試演《雷雨》時，我演的周家大少爺、還有《倚天屠龍記》的張無忌，妳好像也很不以為然。

不過我想妳應該一點印象也沒有，是吧？

大部分的被害者臨死之前都需要兇手提醒他們到底曾經犯過什麼錯，才會招致被宰的下場，我看這顆包子也不例外。

當然，此時的我臉上掛著十足善良有誠意的表情，這顆包子無論如何也看不出我正在心裡算著舊帳。

「這樣……會不會太麻煩你呢？」她尷尬笑了一下。

「不會啊，反正我現在也沒事。」

話說回來，我倒是沒打算在拍影片時整她。如果只是這麼做，也不過讓她今天拍不成，一肚子火而已，這樣太便宜她了，這可彌補不了我受創的自尊。

再怎麼說，身為聖林高中最有希望進入演藝圈、外貌與演技並重的戲劇界明日之星我那引以為傲的演技，竟然被個豬頭妹批評得一無是處——根本是我人生的奇恥大辱！

既然是奇恥大辱，當然也得讓她付出同樣的代價才行。

「怎麼樣？」我又問了一次，「跟誰拍應該都可以吧。」

她有點猶豫，「話是沒錯……可是你知道我們要一起拍的是什麼嗎？說不定你知道之後，就改變心意了。」

當然，如果是跟妳一起拍謎片我寧可死。

「——我想既然是什麼作家辦的活動，應該是跟書有關的才對。」我說。

申煎包點點頭，「嗯、是跟書有關沒錯。」

「那很 OK 啊。」

「但是，必須拍一段男女主角告白的內容。」她不好意思地說，「我也是拜託陳望峰拜託了好久他才答應的……」

我重複確認，「意思是說，我跟妳要一起演一段書裡的告白橋段……對吧？」

「如果你後悔我絕對可以理解的！」

「開玩笑。」不過就是對著一顆鐵鍋生煎包告白嘛，難得倒我這種演技派的嗎？「絕對 OK 的。」

「真的嗎？」她喜出望外，「老實說，我問了很多男生都不答應呢……」

那是因為大家沒有我那渾然天成的演技，當然沒辦法對顆包子講出什麼浪漫告白，坦白說看著妳的臉不罵髒話就已經很不錯了。仔細想想，能對著這張臉進行深情告白，我看我已經可以得個什麼最佳新人獎了吧。

唉這大概就是所謂的才華、天賦吧。

我揚起笑，「事不宜遲，我們馬上行動吧！」

第一章．小茉

「欸欸欸欸！」小柔用尖銳到足以刺穿活動中心屋頂的高分貝聲音驚呼，「妳說什麼？！要參加亮亮魚抽獎的影片，是何書培跟妳一起拍的？！怎麼可能？！」

「蔡品柔妳小聲點。」

「不要！」小柔搶過我的手機，滑了幾下隨即又塞還給我，「鎖什麼指紋啊！快點，我要看！」

「可以不要嗎……拍完覺得很蠢……」一顆籃球從我肩膀旁擦飛過，班上男生喊了聲抱歉，然後示意我把滾落牆邊的球扔還給他們。

「當然不可以！快點解鎖啦！何書培耶，為什麼他會願意拍啊？」小柔扁嘴，懊惱地說，「早知道何書培願意，我就不用去問許立翔了。」

我在心裡默默嘆了口氣，解鎖手機，打開了錄好的影片。

我從來不覺得自己演技好，但是相對於堂堂戲劇社副社、我們聖林高中明日之星、《SEVENTEEN》雜誌百大校園帥哥之一的何書培，演技可以做作到這種程度，也真是不容易了。這影片要是真的上傳去參加活動，八成會被作者直接刪掉吧。

早知如此，果然還是應該要耐心等陳望峰來拍的，可惡。

「哇，是演《別叫我駙馬》的橋段耶！為什麼選這段？妳本來不是要拍《愛人未滿》嗎？」

妳以為我願意嗎？

那是他選的，不是我。

「因為那天拿書給他選，他說他想演高冷型的男主角。」

事實上他還說，他喜歡挑戰需要演技的角色。

一個空有外表的演技白痴要挑戰「需要演技的角色」？

這就叫：明知山有虎，偏向虎山行，真的遇見虎，去掉半條命。

「好帥！」

「……妳不覺得他過分裝腔作勢嗎？」

小柔不悅地瞪我一眼，「不准妳說我們培培壞話。」

「還培培咧……」

小柔是何書培的忠實粉絲。

之前只要何書培有演出，她一定拖我去看。

而且每次都還得陪著她在台前台後穿梭，尋找何書培的身影。

我承認光以長相論何書培絕對是演藝圈的明日之星，但是幾場戲看下來，他那演技光用「拙劣」已經不足以形容，根本就是失敗中的失敗。

因為外表出色，他總是能演男主角，可是他把《倚天屠龍記》裡的張無忌演成個整天泡在女人堆裡傷春悲秋的廢柴、把需要糾結內心戲的《雷雨》周萍演成個無知富二代，還直接毀掉我心目中的經典《東方快車謀殺案》裡的名偵探白羅，讓白羅變成一個整天只會用指尖搓揉假鬍子的怪叔叔。

每次看他演戲，我那平時還算不錯的修養就會像極地雪災一樣瞬間崩解粉碎，然後在幾秒內鋪天蓋地掩埋一切。

——何書培，你可以不要再持續毀掉那些經典角色了嗎？

如果有朝一日戲劇社演出完我要送花，這一定會是我在卡片上寫下的話。

「喔喔喔喔！」小柔看到最後再度發出尖叫，「他、他、他跟小說裡一樣，真的有伸手碰妳的臉耶！」

「我有跟他說不用喔。」

——怎麼會不用呢，我可是專業演員呢。

何書培在錄影片時洋洋得意地對我說。

但我一點都不這麼覺得而且也不想讓陌生男生碰我的臉。

只是最後我想趕快拍完趕快走，懶得跟他爭辯，就這麼同意了。

好險零 NG，就算我覺得他把對白唸得無比做作搞笑也無所謂。

而這段影片也不是要收錄在大學推甄作品集裡，能順利拍完就算了。

話說回來，再怎麼說他是好心幫忙，我還是很謝謝他的。

做人要懂得感恩啊。

「——我們培培真是怎麼看怎麼帥耶，妳看他那深情的眼神……」

明明就很空洞。

我忍住不要吐槽，說服自己何書培是好人，演技差勁沒關係，至少主動幫忙，還不求回報，我不應該再三挑剔的，這樣太過分了。對，這樣想就對了，做人要知道感恩，再怎麼說何書培人還是很不錯的，人品最重要，至於演技……我以後只要不去看他演戲就行了，正所謂眼不見為淨。

「可是、妳怎麼會跟他一起拍呢？」小柔把手機還我，「本來不是找他們社長嗎？」

「嗯，對啊。那天我本來是跟陳望峰約好，可是去他們社辦時，只有何書培在，他說陳望峰家裡有事先走了。」

小柔張大眼睛，「然後呢？妳就拜託何書培幫忙嗎？」

誰那麼沒眼光！

不對，不能這樣說自願幫忙的人。

「沒有耶，我想說陳望峰不在，那我就只好改天再跟他約了，沒想到何書培主動說可以幫忙……然後我把帶去的書給他選，再然後就像妳看到的，去頂樓錄影片了。」

小柔頓足，「啊早知道我也要去找培培拍！」

「妳還是可以去啊，反正活動還有兩天才結束嘛。」我相信人品大勝演技的何同學絕對不會拒絕的。

「真的嗎？」小柔考慮了一會兒，「那等下放學之後妳陪我去戲劇社可以嗎？」

我點點頭，正要開口說好啊的時候，一顆硬邦邦的籃球就這樣不偏不倚地——真的是不偏不倚——砸中我的臉。

「小茉！」小柔驚呼，再度發出高到可以刺穿屋頂的聲音。

一秒之後——

砰。

□

「鼻子應該沒有什麼問題，今天先冰敷就好。但是往後倒時撞到了頭，這就需要觀察看看有沒有腦震盪了。」健康中心的護士阿姨表情平淡，大概像我這種悲劇天天都在發生，已經毫不稀奇了，「還是去醫院做個檢查比較好。」是那種完全SOP的建議。

我想點頭，但頭部一動就覺得有點沉重。

「請問，是不是現在叫一下救護車比較好呢？」發問的不是別人，正是用球襲擊我的兇手，本班班長兼籃球隊隊長徐嘉聲。

「妳覺得怎麼樣？」護士阿姨看著我，「能站起來嗎？」

我試著扶著桌緣起身，稍微動了動頸子，「好像還好，應該不到需要叫救護車的地步。」

「不過，撞到頭了吧，還是馬上去醫院檢查比較好。」徐嘉聲緊皺起眉，

「小茉，對不起，都是我不好。」

你什麼時候跟我熟到改口叫我小茉了？

還有，你別那種臉，我不會動不動就叫家長來學校的。

「意外而已……」我說。

徐嘉聲一臉沉痛，「真的很抱歉，我會負起責任的。」

同學，你只是不小心用球打到我，不是開車撞斷我的腳好嗎？！

「沒這麼嚴重……」奇怪了，為什麼是被害者在安慰兇手啊？

「申茉莉的傷怎麼樣了？」班導這時以痞中有悠哉、悠哉中帶痞的表情走進健康中心，沒等護士阿姨答話，就自顧自地說道，「看起來還好嘛。」

「被球打到的部分沒什麼大礙，但她因為受驚往後摔倒，頭部受到撞擊，目前是沒有外傷，但要觀察是否有腦震盪。」護士阿姨說道。

「腦震盪，這就要小心了。」班導收起痞子臉，問護士阿姨，「需要聯絡家長嗎？」

「我想是要的。」

班導點點頭，接著轉頭看向徐嘉聲，再度露出一臉痞樣，「班長，是你幹的？」

徐嘉聲以某種悲壯的表情昂然地點頭，「是的，這一切都是我的錯。」

我還沒死，你可以不要用那種「人是我殺的，我來自首了」的表情講話嗎？該有演技的人沒演技，演技過剩的人跑去打籃球，這世界到底怎麼了。

班導跟護士阿姨又談了幾句後，叫徐嘉聲回活動中心繼續上體育課，之後才跟我一起走出健康中心。

在空無一人的走廊上，班導看了我一眼，問道，「要直接回家嗎？還是要去醫院？妳一個人行嗎？」

「其實還好，鼻子麻麻的。」我說話的聲音因為半張臉上蓋著冰袋而發悶。

「妳還沒回答我，妳一個人回去行嗎？」

「不知道。」我想了想，「反正體育課完就放學了，我跟小柔他們一起走好了，如果路上怎樣至少有伴。」

「也好。需要通知家長嗎？」

我搖頭，覺得其實沒剛剛那麼昏了。

「OK。」班導說完，雙手插進褲袋裡，往二年級教師辦公室走去。

痞子。

看著他的背影，我不由得這麼想。

□

「小茉妳怎麼樣了？」體育課結束後，小柔回到教室，看著我，憂心地問道，「妳這樣還能陪我去找培培嗎？」

「……是還好啦。」但是帶著冰袋去找人也滿奇怪的。

「那這樣好了，我自己去找培培，妳在這裡等我，我們一起回家。」小柔才剛說完，又改變主意，「可是不對，萬一培培要跟我一起錄影片，不知道要弄到多晚呢……」

「妳就放心去找何書培吧，我自己回去就好，我又沒住多遠。」

「我送妳回去。」徐嘉聲大步走了過來，對我說道。

小柔拍了下手，「也對，班長你來得正好，反正小茉的傷是你造成的，你要好好送她回家。」

徐嘉聲點點頭，「這是當然。」

雖然這提議我還沒打算接受，但我看向小柔，「那妳快去戲劇社吧。」

「嗯、這樣我就放心了，班長，小茉就交給你囉，Bye！」

果然在愛情面前友情就是屁啊。

不過無所謂，如果換作是我也一樣吧。

「……妳還好嗎？」徐嘉聲等我把視線調回來時，有點不知所措地開口。

「欸班長，你不要這麼自責好嗎，我真的還好啦。」我移開臉上的冰袋，從座位上起身，揹起書包，「你不用送我，我自己回去就可以了。」

「那怎麼行。」

「怎麼不行？」

「是我害妳受傷的。」徐嘉聲認真地說。

「我沒事，好嗎？」為了表現出健康活力，我刻意輕快地邁開腳步，「我走啦，謝謝你的好意，明天見囉，Bye。」

「欸，等一下！申茉莉！小茉！」

我想即使已經同班兩年，但我還是完全錯估（或者說不了解）我們班長。

我從來就不知道他這麼有責任感，而且走路比我想像中快很多很多。

回家的路會經過正在興建的國中部校區，聽說明年落成後，馬上就會開始招生，以後要朝著完全中學發展，也就是說，之後會出現一堆還沒變聲、充滿小鬼感的學弟妹。

這麼看來，我的高三生活預想起來似乎沒什麼亮點的樣子。

我看了眼跟我並肩而行，彷彿不知該如何面對沉默的徐嘉聲。

徐嘉聲升上高三應該就沒時間打球了吧，也許不會讓他的班長連任紀錄保持到畢業。大家都要忙考試、申請了。

「……」

徐嘉聲還是很不知所措的樣子。

他很想開口，但又不知該說什麼。

這種心情在他那張斯文清俊的臉上表露無遺。

好可憐。

所以我不是說我自己回家就好了嗎？

「欸。」太可憐了，我忍不住開口，「接下來的路我自己回去就可以了，真的。」

徐嘉聲搖搖頭，堅毅無比，「說好送妳到家。」

「可是一路上都沒話說，你不會覺得無聊尷尬嗎？」我直攻重點。

徐嘉聲相當訝異我就這麼直接地刺向他，先是一愣，接著尷尬笑道，「不好意思。」

「你不用道歉啊。」你的責任感有沒有這麼重啊……

「那，我們來聊天吧。」徐嘉聲不知下了什麼決心，問道，「上次選班長，妳投我還是投許立翔？」

……突然覺得你不如繼續保持沉默還比較好。

你為什麼瞬間跳到這種話題啊？

「我投許立翔。」我無奈地回答。

「喔喔。」徐嘉聲點點頭。

然後空氣瞬間凍結，接著沉默了好一陣子。

「……妳跟蔡品柔很好？」

「我們同間國中的。」

「是喔。」

完蛋了，這人已經瞬間進入沒話找話的階段了。

「跟我國中同校的不在我們班上，」徐嘉聲說道，「但是聽妳跟蔡品柔講話，好像妳們都認識。」

不解。「你說的是誰？」

「何書培。」

「喔。」那你們國中還真是出帥哥，雖然類型不同，但我知道何書培跟你都是情書王。

「妳是怎麼認識何書培的？」徐嘉聲終於換上比較輕鬆的神情，問道。

於是我把為了拍影片參加抽獎的事說了一遍，順便補充說明（其實已經算是解釋）我一開始真的沒有要找他。

「……是喔，」徐嘉聲聽完，沉思了一下，說道，「那他洗心革面了。」

他之前是犯了什麼滔天大罪嗎？還洗心革面咧，你不如說他改過自新重新做人好了。

「聽起來有八卦喔。」我開玩笑道。

徐嘉聲淡淡一笑，「沒有，沒什麼。」

「說嘛說嘛，聊八卦是讓大家變熟最快的方法喔。」不說其實沒關係，我也只是沒話找話而已。

他笑了出來，遲疑了一下，說道，「其實也沒什麼，何書培以前常被女生說個性差。」

「為什麼?很花心嗎?」那種長相不花心就浪費了(大誤)。

「他還滿帥的，然後就很外貌協會，對不漂亮的女生都很冷淡沒禮貌，也很不客氣。」

「——等一下，你的意思是，如果是以前的何書培，會對我很差很沒禮貌?」

徐嘉聲毫不猶豫地點頭。

我微笑地停下腳步，「班長，你現在的意思是我長得很醜囉?」

徐嘉聲聞言露出「哎呀」的表情，也停了下來，手足無措，「不、不是——我不是這個意思——妳誤會了!」

「是嗎?但我怎麼聽都是這個意思啊。」

你要我在這裡哭給你看嗎?我跟何書培不一樣，演技很好，可以馬上就哭喔。

「……不是，我真的不是……」徐嘉聲嚇得臉色蒼白，連忙搖手，「妳聽我解釋，我的意思是……」

「你的意思是，何書培現在對『像我這樣的醜女』比以前好了，不是嗎?」

「我——」徐嘉聲懊惱地說道，「我真的不覺得妳醜，抱歉，我辭不達意。」

看著徐嘉聲的臉，無論如何都有一種不欺負他很可惜的感覺。

於是我說道，「能夠一天之內讓我的生理和心理受創，班長你還真是了不起啊。」

我其實沒很生氣，又不是每天洗臉不必照鏡子，我自己也知道，雖然不至於長相奇怪，不過距離美女確實是有一段距離——大概就像金小胖跟孔劉之間的距離。

「小茉我……」徐嘉聲都快哭了。

「欸好啦，我跟你開玩笑的，OK？」

為什麼我又得安慰你啊……啊，不對，這次是我自己逗你的。

但是再怎麼樣，小茉不是給你叫的好嗎？！

「……女孩子對自己的容貌都很在意……」

「我很有自知之明的，班長。」

「自知之明？」

「就是知道自己長相很一般啊。」你一定要逼我承認自己醜就是了？

徐嘉聲皺眉，「其實還好啦。」

「這句話完全沒有安慰到我喔。」

「我之前看了一本愛情小說，裡面有個超帥的男主角，不喜歡班花，喜歡很平凡的女生喔。」

這種橋段每個作家都寫過吧。「是喔。原來男生也會看愛情小說。」

「所以妳一說那個拍影片上傳的抽獎我就知道了，是亮亮魚的活動對吧。」

「……對。」別告訴我你是她粉絲。

「我是她粉絲。」

「……」

如果上帝決定讓我擁有預言的能力，我可不可以保留到考大學的時候再發揮？

現在猜什麼都中，有X用啊……

「妳也有看吧？《初戀 ENDLESS》那本。」

「……有。」

你都不覺得像你這樣高大英俊的帥氣籃球隊長手上拿本愛情小說很詭異嗎？老實說那畫面一點都帥氣不起來耶，再怎樣好歹也拿本《灌籃高手》還是

《浪人劍客》吧。

「那本就是帥氣男主喜歡平凡女主的啊。」

「那個是小說啊！」

「妳覺得現實中不可能嗎？」徐嘉聲認真地問我。

我回望他，「也不是百分之百不可能，不過男生都是視覺動物，別的不說，光看你的同校何書培就知道了吧。」

都活了十七年，難道還分不清現實跟小說的差別嗎？

我突然很擔心你的未來啊班長。

徐嘉聲思索了一會兒，說道，「……其實，我有點嚮往那種愛情。」

啊？嚮往那種愛情？為什麼？

等一下，這不是我跟你的交情應該討論的話題吧？

為什麼就這樣進入了真心話階段？我不是你兄弟啊班長。

「所以你想要發掘一個很平凡的女生，然後跟她在一起？」

徐嘉聲笑了出來，「我覺得能看到彼此特別之處的戀愛很好。」

「是喔。」你這人怪怪的。

走了十幾分鐘，到了家門口，我還是跟徐嘉聲說了謝謝，一路上有人聊天還不錯，至少不會無聊。徐嘉聲還是有點擔憂，叮囑我如果有想吐眩暈什麼的，一定要馬上去醫院，然後又鄭重地道了一次歉。本來以為他是擔心我家家長去學校理論，但後來我發現並不是，徐嘉聲之所以想陪我回家，動機真的非常單純，就只是為了贖罪（他自己說的）而已。

如果不是因為他長相帥氣，其實個性根本像極了《櫻桃小丸子》卡通裡的丸尾班長，責任心嚴重過度，而且想太多。

「那明天見了。」我說。

徐嘉聲點點頭，「好，真的很抱歉。」

「我說班長，這一路上不過十幾分鐘，你已經道歉超過二十次了。」

徐嘉聲尷尬笑笑，「看妳敷著冰袋，我覺得好可憐。」

是滿可憐的，我那已不算高挺的鼻子現在八成又更扁了，而且已經完全沒知覺。

「不過我都不知道原來被籃球打到會這麼痛。」

「對不起。」

你又道歉！

「好啦沒事的，謝謝你送我回來，再見。」

「嗯，Bye。」

□

回到家之後收到兩則Line訊息，一則是小柔說何書培根本不理她，三言兩語就把她打發走外加一張大哭貼圖；另一則是痞子班導傳來的腦震盪72小時觀察注意事項。

●劇烈頭痛、暈眩。

●連續嘔吐、噁心。

●意識逐漸模糊，對人、時間、地點答非所問，叫不醒、昏睡、說話不清、行為異常。

●兩側瞳孔不等大。

●感覺遲鈍、一側肢體逐漸無力、走路不穩或行走困難。

●手腳或嘴角抽筋。

●視力模糊，看東西有重疊的影像。

昏睡？每天老師一站上講台我就昏睡。

感覺遲鈍？體育課裡我哪次不遲鈍了？

瞳孔不等大？誰會每隔幾分鐘就去看自己瞳孔等不等大啊？

真是……

我在心裡默默嘆氣，傳了個感謝貼圖，打算等等洗完澡之後，倒杯果汁，悠閒地休息一會兒，再打電話給小柔。

——培培根本理都不理我，他說他沒空陪女生搞這種無聊玩意兒，怎麼會這樣？哭哭。

我想起徐嘉聲回家路上聊起的話——

何書培是嗎，看來這人真的很奇怪啊。

第二章．書培

我就知道女生都是大嘴巴。

那個短下巴生煎包百分之百得意洋洋拿著我跟她拍的短片到處去跟同學炫耀！

才隔了二十四小時不到，今天就有莫名其妙的女生跑來要跟我一起拍短片，這一切絕對都是那顆生煎包惹的禍！開玩笑，本大爺要不是為了復仇大計，誰會對顆包子這麼好？妳們還真以為本大爺很閒嗎？

不過，都已經忍著嘔吐感拍完了影片，也算是跟生煎包搭上線了，接下來該好好想想要怎麼復仇才是重點。

我用指尖敲著比那顆生煎包漂亮不知多少倍的下巴，想了想，起身離開書桌前，離開房間走到客廳。

「欸姊，妳在忙嗎？」

我老姊，何家長女書晨，正抱著她最愛的可樂果坐在客廳長沙發上看韓劇。每天晚上九點到十點，是她跟韓劇男主角的約會時間，絕對不允許任何人

（其實也就是我和老爸）伸手碰一下遙控器。

「沒啊，幹嘛？」

老姊很沒形象地穿著運動短褲和背心癱在沙發上，因為過度染燙的長髮亂七八糟地用難看的夾子隨便夾起，一手抱著中元節普度專用特大包裝的零食，一手揉著痠痛的頸子。話雖如此，不過好在我們何家基因夠強，老姊的臉蛋怎麼看都還是滿正的。

「有件事想聽聽妳的意見。」

「說啊。」

「十六七歲的女生，遇到什麼事會最受傷？」

姊抓起一大把可樂果塞進嘴裡，卡滋卡滋地嚼著，「你智商變低了嗎？這種基本題也要來問。」

「什麼意思？」

「十六七歲的女生，當然是遇到失敗的初戀最受傷啊！」

「意思就是說，只要告白被打槍就會很慘囉？」

「告白被打槍的經驗誰沒有，重點是初戀——第一次談戀愛然後被狠狠甩掉，這才很傷。」

我思考著，「……是這樣啊。」

「你問這幹嘛？」

「喔……」我連忙掰個理由，「我們社內要寫新劇本，在研究背景設定。」

「高中生自己寫劇本啊，不錯嘛，要不要花錢請我來當顧問啊？我可以算你們對折喔。」老姊是很不紅的編劇兼很不紅的小說家。

「不用了不用了。」

「有需要的話不要客氣啊，我服務好，收費又很便宜的。」

為什麼這句話聽起來怪怪的？「知道了，謝謝。」

回房前我倒了杯可樂，關上房門後在書桌前坐下，考慮著姊姊說的話。

雖然老姊自己的初戀也沒多成功，不過這更增添了可信度吧。

一次失敗足以抱憾終生的樣子。

不過，初戀——

要怎樣才能毀掉那顆生煎包的初戀呢？

以她的姿色，如果她家長不替她訂購個烏克蘭新郎，恐怕這輩子是結不了婚，更別提什麼初戀，她如果光是坐在家裡等男生追，大概要八十歲才有機會初戀吧。

可樂的氣泡在舌尖彈跳著。

我的思緒也是。

復仇的方式有很多種，這種太複雜，有沒有更容易、更輕鬆快速一點的呢？最好是能讓她自尊受損的，就像她讓我自尊破碎一樣。

很可惜不能跟其他人討論，不然集思廣益，應該很容易想到好辦法。不過，再怎麼說這想法也不能和其他人商量，一說出口，只會被大家覺得我惡劣、小心眼吧。

也許大家會覺得我這種想法很奇怪，不過就是被批評個幾句，需要這麼玻璃心嗎？如果是以前的我，看到這種事發生在別人身上，應該也會這麼想，覺得被批評的人太誇張了，被講兩句就很難過，被嫌棄批評一下就看不開，也太脆弱。

可是，站著說話不腰疼。

那些整天嘲笑別人玻璃心的傢伙，難道自己就沒有受傷的時候嗎？還是已經臉皮厚到刀砍不破劍刺不穿了？等到你們這些傢伙自己被講的時候，還不是一樣憤恨不平。

事情沒發生在自己身上前，話都別說得太早太滿。

我放下杯子，拿出手機，重新找出那段很可能會成為我進入演藝圈後黑歷史外加奇恥大辱的影片，忍住反胃感開始播放，想從影片裡找出關於生煎包弱點的蛛絲馬跡。

——嗯，妳到底為什麼可以長得這麼像顆包子呢，同學？

影片內容是演一段小說裡的告白場景，為了讓她覺得我人很好、降低戒心，我還特意挑了一段需要豐富感情的台詞，好讓生煎包見識我的演技順便感恩，不過反覆看著這段影片，倒是讓我開始把它跟老姊說的話作了聯結——

老姊說，這年紀的女生當然是初戀被毀才慘。

而這顆生煎包，是一個會相信愛情小說的笨蛋。

這麼說來，可以推測，其實這顆生煎包跟其他女生一樣，都很想談場浪漫戀愛？正所謂哪個少女不懷春！聽說下個月要跟堂哥結婚的女生，也就是高中時喜歡上他的。

正是好騙的年紀嗎……

我思考著。

「噢，你回來了。」房外傳來老姊跟爸打招呼的聲音。

我也走出房間，這是從小養成的習慣，特別是媽媽過世後，我和姊都一定會在老爸回家時跟他打招呼。

是個有點微妙而且原因很傷感的習慣。

老爸今天很開心，手上拎著非常大的漂亮紙袋。

「來吃喜餅呦！」

「誰結婚啊？」一聽到有吃的，老姊馬上從沙發上彈起來，「哪一家的——哇，這家喜餅很貴耶，有錢人喔。」

「什麼誰要結婚，妳這孩子還是這麼沒記性，前幾天不是才提醒你們，慕桓要結婚了嗎？」

「咦，他真的要跟那個小女生結婚啊？好誇張。」老姊動作敏捷，接過喜餅放在飯桌上，已經準備開封了。

老爸開拉領帶，在飯桌旁坐了下來，心滿意足的樣子，「哎呀這次老爸可是媒人，看到這兩個孩子終於要結婚了，真是很開心啊。」

我問道，「慕桓哥結婚跟爸有什麼關係？」

「這你就不知道了，慕桓哥是跟他家教的學生結婚，而這家教嘛——」

老姊說到這裡一手搭到爸肩上，「就是咱們家老爸促成的，厲害吧。」

「所以，慕桓哥真的是跟他自己的學生結婚囉？」

老爸跟姊同時點點頭，姊擠眉弄眼，故意說道，「看他一表人才，沒想到是狼師。」

「小晨！」老爸聞言不悅，「不許亂講。」

姊嘟起嘴，「我哪有亂講，慕桓哥跟那個小丫頭談戀愛的時候，那丫頭才讀高中而已吧，慕桓哥那時跟她是師生關係沒錯啊。」

老爸皺眉，「那個時候並沒有交往……」

高中女生啊。

看不出來慕桓哥竟然會喜歡上黃毛丫頭……

我拿起喜餅上的禮卡，上面印著慕桓哥和未來堂嫂的照片。

「這……」穿著湖水藍色禮服的女孩子看起來眉清目秀，有點羞澀，但並不是很亮眼的類型。「是我們未來堂嫂？」嗯，真心感到失望。

「我看看。」老姊一把搶過禮卡，「喔——原來長這樣，還滿能突顯慕桓哥的帥氣嘛。」靠，講話比我還毒。

「人家松兒可是個好孩子！」老爸又不悅了，咂咂嘴，「識大體又很懂事。」

「對了，那個松兒是裴伯伯的女兒對吧？」

「是呀，沒錯沒錯。」如果眼前的景象換成古裝劇的話，老爸八成已經得意非凡地伸手撈起一大把長鬍子然後大笑三聲了。

我沒多糾結於慕桓哥跟未來嫂子的話題，心思轉到了所謂的「高中女生」身上。這麼說起來，姊姊的初戀好像也是在高中時發生的。

原來高中對女生而言是戀愛好發期啊——我思考著。

雖然並不是沒有喜歡過女生，不過一直以來都覺得喜歡、告白、交往是很麻煩的事；如果告白被拒絕，更會是人生的最大羞恥，所以我從來沒跟任何人告白過。國三時交過女朋友，不過那純粹是因為那個女孩子在眾目睽睽之下來告白，又是校花，我才勉強答應的。

事實上交往也沒幹嘛，就是一起上學一起回家，看過兩場電影，然後曾經在補習班放學時短暫牽過手。後來升學念了不同高中之後，很自然地就減少聯絡了。

曾經她抱怨過我為什麼都不去接她放學，也曾經在補習班附近看見一只她覺得很可愛但我看不出好在哪裡的粉紅色玩偶，希望我送給她。

印象中我並沒有送她。

沒有送的理由是什麼我已經忘記了。

有可能是因為我只是單純想等到她生日再送，也有可能就只是拖著拖著就忘了。然後某天她說她覺得我一點都不喜歡她，既沒有試著討她歡心，也沒有天天打電話給她聊到三更半夜，當然也沒有送很多禮物。我問她是不是希望我這麼做，問完她就哭了，丟下一句：「這和我想的戀愛不一樣！」

然後……然後就結束了。

去年我在抽屜裡發現一包過期的草莓糖，做成兔子形狀的。

還有一支我當時覺得也許很適合她的手錶。

那個時候買的。

兔子草莓糖好像是在莫名其妙的超市裡買的，而手錶則是某次在手創市集裡看到之後，覺得藍白紅三色的帆布錶帶應該很適合她。買了糖果和手錶之後，打算哪天去接她放學時送給她，但是在這麼做之前，就已經結束了。

對於書店沒有販賣「高中生初戀指導手冊」這種重要的教科書我感到很困擾。就連買股票組電腦甚至新 iPhone 上市都能出專書指導，為什麼就沒有一本指導手冊能告訴我該怎麼對待女生？

我曾經試著從愛情小說裡找找答案，可惜沒結果。我既不是小說裡可以一擲千金的男主角，也不是《倚天屠龍記》裡明明個性優柔寡斷但還是被一群女生喜愛的張教主。說起來可能有點悲哀，我總是被女孩子告白，不過卻從來不知道她們到底想要什麼。

拜所謂的初戀所賜，我唯一可以確定的，大概就是「女生喜歡玩偶」、「我可能得去接送一下」、「似乎要花很多錢講電話」這三點。

我承認這些感想很詭異。

關於戀愛，我一點也不懂。

總之，最後好像連「分手」兩個字都沒說，她就沒再打過電話給我；我換了手機之後也沒再聯絡過她。

要說什麼心跳加速手心冒汗等等，那是因為「第一次跟女孩子」而產生的刺激感，而不是因為她這個人。我知道自己對那個女生沒有太多感覺，如果真心喜歡，應該會無時無刻都想念著她才對。

……有點莫名其妙。

這種戀愛到底要用來幹嘛？

□

「何書培同學。」

站在文具店裡買筆心時，突然有人連名帶姓叫了我一聲。

呦，這不是上海鐵鍋生煎包嗎？

雖然還沒決定到底要怎麼報復她，不過我還是先戴上和善面具再說。

「嗨。」

申煎包走近我，手上拿著結好帳的筆記本，帶著不確定的目光望向我。

「怎麼了？我臉上有東西嗎？」就算我臉上有污垢應該還是比妳好看一百倍。

「那個……我可以問你一個問題嗎？」

「可以啊。」已經決定要來跟我告白了嗎？要不要等人多的時候再問，這樣本大爺才能當眾拒絕妳。

「請問，你那天為什麼會想幫我拍影片？」

啊？

「什麼意思？」我反問道。

申煎包再度偏著頭，馬尾也跟著歪了一邊。

拜託不要再做這種只有美少女適合的動作好嗎？！

「很謝謝你幫忙，影片也順利上傳了，但是——」她稍稍猶豫了一下，說道，「其實前兩天，我同學有去戲劇社找你，也想拜託你幫她拍影片，可是，她說你很不高興地拒絕了。」

「喔……」是有這麼一回事沒錯，那時我沒多想。

「該怎麼說呢，其實這樣問你好像不太禮貌，就是——」

我明白了，妳想知道為什麼會有差別待遇是嗎？

很簡單啊，我跟妳同學往日無冤近日無仇，沒打算欺負她，當然懶得放線釣她了。

我淺笑著胡說八道，「拍一次就夠了，不然愈來愈多女生找我拍，會吃不消的。」

申煎包倒是沒反駁。

不過，我很訝異她竟然會主動提出這樣的問題。

所以包子皮裡有裝腦嗎？

「也是，你那麼受歡迎……」申煎包看著我的臉，「如果大家知道你願意幫忙，你應該會忙翻吧。」

「是啊。」我笑著說，「所以別讓大家知道。」

「活動已經結束了。」申煎包認真地說，「如果抽中獎品，我一定請你喝飲料。」

「獎品是什麼？」

我一點都不想知道，但必須藉著談話多了解這顆包子的弱點。

她拿出手機，滑到什麼虱目魚的專頁上，點開照片給我看。

「不過只是明信片而已嘛。」

說起來，這個什麼魚的作者，還是老姊的競爭對手，我好像做了不該做的事。

「但是是限量的。」

「喔喔。」

所以說這顆包子貪小便宜、跟流行、幼稚。我在心中默默地筆記。

「好奇問一下。」

「妳說。」

「何同學看小說嗎？」她收起手機時問道。

「看哪。」不過身為一個頂天立地的男子漢，為了形象，我絕對不會讓大家知道我會看愛情小說！我說，「戲劇社的劇目只要是小說改編的，我就會先找來看。」

本大爺可是會事先做功課的。

申煎包反應出乎我意料，不但沒有露出欽佩的表情，反倒是一臉「真的假的」。

「妳不相信嗎？」我直接問道。

「也不是啦……所以，你演張無忌的時候真的有先看完《倚天屠龍記》？」

「當然有。」

「《東方快車謀殺案》也有看完小說？」

「看了三次。」我挺胸。

「……那大概就是天分問題了。」申煎包小聲地說。

「妳說什麼？」「小茉！」

我忍不住質問的聲音被女孩子高八度的叫聲完全掩蓋，上次來拜託我拍影片的女孩子站在文具店門口，瞪大眼睛看看我又看看申煎包。

「妳，你們……」

「剛好碰到。」申煎包乾脆地說明，「我來買筆記本。」

那個女孩子露出有點尷尬又帶著幾分期待的表情，忸怩地拉著申煎包，不過目光卻盯著我。

「你、你好。」

「妳好。上次很不好意思。」我決定先發制人，轉頭向申煎包笑笑，「我先走了，再見。」

——他跟妳說再見耶！

轉身時這樣的語句衝進我耳裡。

吵死了。

跟嘰哩呱啦的女生相比，敢問出尖銳問題的申煎包，多少有點令我刮目相看。

但還是很討人厭。

什麼叫那是天分問題，妳的長相可是基因問題啊！

□

回到家的時候，姊姊正在客廳看韓劇。

手上拿著啤酒，茶几上沒有零食，只有另外兩個啤酒空罐。

嗯、她心情不好。

「我回來了。」我一邊把脫下的球鞋排好，一邊說道。

「喔！我可愛的弟弟回來了，要不要來一罐啊？！荔枝口味的唷。」

「我還未成年。」

「也是。」姊姊漫不經心地嘟囔著。

我回房把書包放下，換上家居服後走回客廳，韓劇已經播完，現在電視畫面停在播放盒的目錄頁面，姊姊有點茫然地看著播放盒，我注意到目錄頁面裡排得十分整齊的劇目中，有一部是姊姊之前參與編劇的作品。

「……你們班上沒什麼人在看偶像劇吧？」姊姊忽然改變癱著的姿勢，稍微坐直了身體。

「女生應該都會看吧。」

但我並沒有和任何人討論過，最近唯一計劃要常聯絡的那顆包子喜好異於常人，不足以作為樣本。

「我今天被踢出鄉土劇劇組了。」姊姊說道，「然後出版社寄信來，我這半年的版稅金額再創新低。再然後，一個我覺得寫得比我爛很多的故事要改編成電影了。」

嗯，原來是每季都會發生的工作低潮期。

以前是一年發生一次，去年發作時間縮短為半年；從今年開始，就變成一季一次了。

「……你有沒有覺得自己很沒用的時候？」姊姊問。

「只要是人，偶爾都會吧。」

「你這小鬼怎麼也開始打官腔了。」姊姊自顧自地說道，「我今天一整天啊，都在努力，努力覺得其他人比自己棒很多。」

「這是什麼奇怪的努力？妳這樣當然會心情不好。」

姊姊搖頭，把手裡的啤酒一飲而盡，充滿戲劇感地把空罐砰一聲放在茶几上，說道，「承認自己很弱，就不會對這世界充滿怨恨了；就會心甘情願地接受現實，好比說自己沒有才華沒有能力之類的。」

「是這樣嗎？」聽起來好像有點道理，不過又充滿說不出的怪異感。

「我覺得我這個時候如果動筆寫魯蛇小說一定會很真實。」姊姊又說。

我想起姊姊前兩週很得意地提起了新小說的事。

「妳不是已經在寫新小說了嗎？」

「不想寫了。前幾天我的編輯跟我說，有人寫過類似的梗了。」姊姊突然再度倒在沙發上，用抱枕蒙著臉大喊，「啊！該死的亮亮魚！竟然比我早交稿！而且梗還很像！」

「……只要不是抄襲就可以了，一決勝負也不錯。」

「事情才沒有這麼簡單，」姊姊的聲音糊成一團，「如果堅持寫完的話，那就要隔好一陣子才能出版了，免得讓讀者覺得太重複。」

那我也沒辦法了。

「抱歉。」姊姊不知為何道歉了。

「妳幹嘛？」

「我是沒用的姊姊。」

「白痴喔。」

「謝謝你陪我講話。」

「妳真的是白痴欸。」我說。

姊姊的臉離開抱枕，抬頭看我，「雖然一直說我是白痴，不過我知道你還是很關心我的對吧。」

我絕對不會承認自己有點擔心這個白痴女，太丟臉了。

「我覺得妳沒救了。」我說完，轉身走向廚房。

「——我買了大瓶的零卡——在冰箱！」姊姊的聲音從我身後傳來，活力似乎已回復不少。

「我只要喝水！」我也扯著嗓子回應。

不過回房間前還是倒了一大杯零卡可樂。

「欸對了。」姊姊在我進房前又叫住我，「你們班的女生會看愛情小說嗎？」

「會吧。怎麼了？」

「唔……有點想拜託你打聽看看，大家有沒有讀過我的書，覺得我寫得怎樣。」老姊的聲音還是有點悶。

我只好答道，「有機會問問看。」

「噢，我就知道你是個可靠的弟弟啊，我們書培。」

「……妳沒事還是早點洗洗睡吧。」

□

說是說有機會打聽看看，但是卻不知從何開始。

當然可以在班上隨便找個女生問一下「妳們有沒有看過某某作者的書」，不過對方無論再怎麼沒腦，也會好奇反問我，問這些要做什麼吧。

稍微考慮了一下後，我決定採用旁敲側擊一點的方式來調查。

那就是去圖書館看借閱率。

如果沒記錯的話，本校圖書館還挺開放的，毫不介意收進這種欺騙無知少女的小說，而且似乎新書都很齊全。有時也滿好奇的，讓已經是戀愛好發期的女孩子看這種愛情小說，那不是更一發不可收拾了嗎？

我一面這麼想著，一面慢慢走出社辦，穿過中庭和種滿芭蕉樹的小操場，再穿過一片已經看了兩年但仍然不知道是用來幹嘛的水泥地，來到圖書館前——

「嘿！」有個近似於食物的背影在我面前走上圖書館階梯，我追上去，也太巧，「同學！」

鐵鍋生煎包以一種只適合潤娥或者秀智的方式停下腳步回頭，露出訝異的表情。

而我在看到她手上那疊書之後，也同樣呆了一下。

「這不是何同學嗎。」她笑了笑。

我點點頭，努力說服自己不要在這時感到肚子餓。「真的好常遇到妳。」

「好像是耶。」

我比比她手上的書，「還書嗎？」

「喔，對啊。」

「都是愛情小說？」

「大部分啦。」她有點不好意思，大概是怕我誤以為她整天想談戀愛。

「那本好看嗎？」那疊書最上面一本，正是老姊之前的新作。

她再度以只適合美少女完全不適合食物的動作偏了一下頭，「還不錯看。」

「這個作者，跟上次那個辦活動的翻車魚，誰寫的比較好看？」我單刀直入。

「你說程舒荷跟亮亮魚嗎？完全不同類型的作者耶，雖然都是寫愛情故事，可是我覺得好像有點難比較。」

「什麼意思？」

對，沒錯，老姊取的筆名可以說沒創意到不行，就只是把何書晨三個字倒過來換個寫法而已，有夠混。

「程舒荷的小說很唯美、有氣質，敘述句比較長，文筆很好，情感也描寫得很細膩；亮亮魚就一般般吧。」

聽起來是不錯的評價，嗯這顆包子總算還有點選書的眼光。

她停了停，補充道，「不過程舒荷的書有時候我要看個幾次才能懂。」

「……」

所以老姊寫的太有內涵還不行就是了，話說回來是妳自己理解力太差吧。

「何同學為什麼會問這些?你們戲劇社該不會要改編什麼愛情小說當劇目吧?」

我連忙搖搖手，胡言亂語，「就只是好奇啊，看到滿多女生在看程舒荷的書，想說是不是很好看。」

「她的書不錯看啊。你想看嗎?等我還完就可以借了。」

「不用不用。」我家多的是，每次寄作者公關書來就堆在儲藏室，書都堆到黃掉了。

生煎包又偏頭看我，眼珠轉呀轉。

我不由得主動問道，「怎麼了?」

「雖然這樣很不禮貌，不過有個問題想請教你。」

怎麼每次都是這句開場白？「說啊。」

「聽說你對長得不漂亮的女生都很不好。」

「……」還真是好事不出門，壞事傳千里。

她自顧自地說道，「所以，我還是不懂，你當時為什麼要幫忙我拍影片。畢竟，再怎麼說我也絕對算不上漂亮的女生吧。是不是有什麼理由呢？嗯？」

沒想到生煎包倒是很有自知之明，但是——

我最討厭最討厭這種直接又無法迴避的問題了。

真的非常非常討厭。

爽快投出直球雖然看似沒大腦，但卻是最難以迴避的。

愈是簡單基本的問題，愈是難以面對。

因此，我就這樣愣在當場，拚命思索著到底該說些什麼，才能讓自己的行為合情合理、不被識破。

——因為我想跟妳搭上線、然後找機會報仇雪恨啊。

我總不能這麼說吧？！

可惜的是，此刻的我腦中是一片空白。

第三章．小茉

「——我覺得妳問了一個相當好的問題。」

站在我眼前，空有俊帥外表的史上最強大男性花瓶何書培完全僵住了。

支吾許久之後，他才勉強擠出這句完全沒啥鳥用的話。

嗯、這人很有問題。

看來那顆漂亮腦袋裡絕對沒有裝載傳說中的好物也就是大腦。

這並不是個嚴重或者困難的問題，我甚至都覺得他隨便回一句「就一時興起啊」、「妳是不是之前問過了」也OK，畢竟，之前好像在文具店裡就問過類似的問題……當然，那時的疑問其實至今都沒有解開。

是說，這個問題有這麼難回答嗎？

你這樣目不轉睛略帶驚恐地看著我，我反倒覺得你這人怪怪的；或者說，這一切是不是背後有什麼隱情——雖然怎麼想都覺得不可能。

何書培同學拜託你就隨便找個答案呼攏我算了，你沒看到我手上抱著書，老是站著也挺累的啊，你再這樣下去我都後悔問你了。

我是不知道何書培到底在想什麼，但是他臉上此刻倒是效果十足。先是一陣青一陣白，接著又流露些驚惶，就像在打算在文具店順手牽羊的前一刻碰到認識的人那樣尷尬心虛，而現在他換上了另一種糾結心酸的表情。

老實說光看他的臉，不知情的路人八成會誤以為他是不是跟我告白失敗或是借錢被拒才會露出那種像含著三百顆酸梅般不愉快的表情。

——算了。

「欸那個，我要進去還書了，下次再聊。」我決定不要再拖累自己的手臂，雖然只有幾本小說，但抱久也是會痠的。

「等、等一下！」何書培伸手做出攔阻我的手勢，先是閉上眼，幾秒之後，再度睜開，同時換上了另一種有點眼熟的慷慨就義神情，「我有話要說。」

「那就說啊。」我是有叫你閉嘴嗎？

「關於妳問的那個問題啊……」何書培深吸了一口氣，又停了幾秒，才緩緩開口，「雖然妳應該會覺得受寵若驚，不過那是因為……」

「因為？」

受寵若驚？是很不解，但到目前為止完全沒有「受寵」的感覺喔，你是不是太自戀了一點？

「——我喜歡妳。」

如果在我小時候就能常聽到這種莫名其妙的笑話，我想我現在的下巴應該就不會這樣圓圓短短的了吧，應該就會如願以償變成錐子臉才對——

因為下巴會一、直、掉、下、來！

說真的何書培的臉上根本看不出一點點一絲絲一毫毫面對喜歡女生會有的神情，我再怎麼不聰明這點眼光還是有的，這人真的很有問題，非常有問題。

「欸我說你，都已經讀到高二了，也不是小孩子了，還流行玩什麼大冒險嗎？」被當成奇怪的大冒險標的，說什麼都讓人覺得很不爽，「要我很好玩嗎？」

何書培瞪著我，「——並不是！」他沒好氣地反駁，「我是要跟誰玩啊？」

「那你剛剛是在幹嘛？」

何書培現在的表情不像含了三百顆酸梅，像是改含了一匙硫酸，看起來連聲音都發不出來了。他直直望著我，不安地原地踱步起來。

「你真的怪怪的。」算了一直站在這兒跟你耗是我自己蠢。

「妳要去哪？」

「還書啊。」我不禁在心裡狂翻白眼，你有完沒完。不管你是在幹嘛，我都不想知道，莫名其妙。

「妳、妳——」何書培這次是真的伸手攔住我了，他的聲音變得低啞，「妳不相信我？」

「不，我超相信的——這樣可以了嗎？我真的要去還書了再見。」

「喂、妳……」

我沒理會何書培，邁開大步往圖書館大門前進。

啥？喜歡我？

你跟我是什麼關係，什麼叫「喜歡」？

也不過就一兩面之緣，你就說喜歡，誰會相信啊？

再說了，就憑你剛剛的「演技」，會相信才有鬼。

更何況你可不是一般人，堂堂戲劇社副社、我們聖林高中明日之星、《SEVENTEEN》雜誌百大校園帥哥之一的何書培耶，是全校女生瘋狂追捧的偶像耶，像你這樣的人說喜歡我？

嗯哈哈哈哈，雖然很悲哀但是這絕對不可能，我跟徐嘉聲那種老大不小還相信愛情小說的傻瓜才不一樣，不、會、被、騙、的！

「瘋子。」我不禁哼了聲。

□

走出圖書館時還是又借了兩本小說，不過由於今天讓人不解的事件，一點想看愛情小說的欲望都沒有，於是拿了《刺青殺人》和《極北》。

跟每次借到時都快被翻爛的愛情小說不同，這兩本書很新，但也沾滿了塵埃，看來沒啥人氣。

可能是因為大家對殺人分屍跟世界末日的興趣遠低於戀愛吧。

……戀愛啊。

我停下腳步，反正也沒事，就順了順裙子在圖書館門前的階梯坐了下來。

能戀愛當然是很好啦，我也想要有小清新初戀啊，但是……

猛地何書培那張好看卻又糾結的臉跳進我腦海。

奇怪了，為什麼我美好少女時代理論上應該要很美好的第一次被告白，出現的是這個根本來亂的人呢？

雖然沒有所謂的「理想中」或者「幻想中」的情景，不過至少第一次告白或者被告白時，會希望對象是一個互有好感、非常有話聊的人。

長相的話，乾淨順眼就好，不要是整天上竄下跳的那種浮躁型男生，也許會希望有點書卷氣吧，理科宅說不定我也不排斥，運動型似乎也可以……

或者像是——

唉，算了。

總之，想來想去，何書培都不屬於這些類別。

非常讓人無法理解的存在。

我托著腮，看著隔著一大塊水泥空地之後的寬闊校門，然後抬頭。

今天天氣非常非常好。是很棒的秋天，夕陽跟清爽帶有涼意的風讓人在視覺和觸覺上都覺得非常舒服。夏天結束之後，肌膚終於可以告別令人不適煩躁的黏膩感，心情也連帶輕鬆起來。

——除了何書培。

煩耶，怎麼又是他。

其實我不太懂自己在幹嘛。

明明就知道這個人一定是有著什麼奇怪目的才會跑來說這些傻話，但他確實是第一個明確跟我說出「喜歡妳」這三個字的人；當下不覺得，現在才發現後勁慢慢出現……畢竟是第一個這麼說的人……

應該、算是第一個吧。

「——放學很久了，還在這裡幹嘛？」

「呃。」

痞子班導雙手插在褲袋裡，三步併兩步地上了台階，似乎不經考慮就在我身邊坐下，「頭怎麼樣了？」

「頭？喔，我覺得沒事啦，應該沒有腦震盪。」

他不太相信地看了我一眼，接著看看四周，確定沒什麼人之後，拿出銀亮的 ZIPPO 打火機在手上甩呀甩的。

「……你幹嘛？」

「玩打火機啊。」他說，「學校又不能抽菸。」

「也是。」哼，菸槍。

「……妳現在是有什麼心事嗎？」

「沒啊。」

他想了想，說道，「徐嘉聲說他有送妳回去。」

「嗯，有。」而且還一路拚命道歉，不知道的人八成會以為他酒駕撞了我家的誰。

「那很好。」

「……」

就這樣坐了一會兒，他沒說話，我沒說話。

我看著校門，他看著天空，誰也沒理誰。

事實上，有種什麼都不說會比較好的感覺，我相信他也這麼想。

夕陽餘暉幾乎已經完全消失的時候，我站了起來，拍拍裙子。

「我要回去了。」

痞子班導也起身，把指尖玩轉的打火機收回口袋，「走吧。我也要回辦公室。」

「嗯。再見。」

「再見。」

□

回到家之後洗完澡，把髒衣服丟進洗衣籃之後拿了餐具，從便利商店買回來的便當剛好已經變得微溫，一點也不燙口的程度。

我坐在電腦前，習慣性地登入Facebook、登入email，最後滑鼠在書籤列裡的「暴雪」上停了許久，最後我按下了左鍵。

才一上線就收到公會「萊恩斯騎士團」裡傳來的訊息：

「十月台北網聚要來嗎？有興趣請自報日期，統計人數日期中。」

「感謝邀請，十月應該很忙就不去了，3Q～」

沒想公會裡的同伴瞬間回我：「你們台北掛的都很難揪耶，剛剛問了『銀河歐芮爾』，他也說沒空。」

「是喔。」

他沒空是正常的吧，十月我有段考，那他也不會閒到哪去啊，要改考卷做成績什麼的。

「來八卦一下。」幾個點點之後，換另一個同伴傳訊息來：「妳知道『假草莓達莉亞』跟『銀河歐芮爾』告白然後被打槍了嗎？」

「假草莓達莉亞」是我們公會裡的遊戲直播主，也是剛出道的網紅，有著不算太虛假的娃娃音，開遊戲直播時一定會化濃妝外加戴上粉色假髮，當然還有必備的火辣身材。

「不知道耶。」我回訊。

「妳跟『銀河歐芮爾』不是很好嗎，他有跟妳講吧？很好奇為什麼他打槍達莉亞，達莉亞超辣的，本公會男士的夢中情人耶。」
「我沒跟他很好啦，真的不知道。」
這世上是有哪個老師會跟自己學生聊這個啊。
只是，公會的人應該都還不知道，同個公會裡的『銀河歐芮爾』他，跟『普芮思』我，竟然是師生關係……
好吧，其實我知道的時候也相當不能接受。
畢竟在網聚見面前，有整整一年都跟『銀河歐芮爾』天天在線上聊天，也常常用 Line 語音講電話，一講就講了大半夜……
雖然並沒有明確定義出什麼網路戀愛的關係，但確實非常密切聯絡，而且也幾乎每天都講到話、聽到對方聲音才安心。聊的話題也不限於遊戲，除了遊戲之外，也擴及了各自的日常。
不得不承認，那時的我，每天都很期待聽到他的聲音；而當時我也很勇敢（其實是不要臉）地問過素未謀面的『銀河歐芮爾』——
——其實你每天都會想跟我說說話，對吧？
——妳知道妳這個問題意味著什麼嗎？
——你只要就字面上回答我。

——妳害我現在在房間裡很焦慮的走來走去。

——那就是答案了嗎？

——妳喔……該拿妳怎麼辦才好啊？被一個小女生搞得不上不下的，我很丟臉妳知道嗎？

——是嗎，那你要好好檢討喔。

『銀河歐芮爾』那時在電話另一端笑了。

他的笑聲很好聽，一直都是。

但已經很久很久，沒有聽到了。

□

我從來就沒有跟任何人說過類似「喜歡」這樣的字眼。

以前我覺得自己還沒勇敢到能接受被人當面拒絕，

總覺得先說的人一定會受傷。

不過，說不定我已經錯失了可以這樣說的機會；

而且可能以後也不會再有了。

□

從學校轉角的早餐店走出來時，我差點撞上了徐嘉聲。

「妳沒事吧？」徐嘉聲一臉擔憂地看著我。

「沒事啊。」又不是真的撞上了，沒人受傷。

「是不是自從被球打到之後，妳走路就開始跌跌撞撞？」徐嘉聲問道。

「……我沒有腦震盪，真的。」都過了好幾天了，要怎樣早就怎樣了啦。

徐嘉聲帶著不太相信的神情輕點了一下頭，跟我一起邁步走向學校，「……鼻子也還好嗎？」

「噢，還好啊。」我說道，「欸班長，不過就是不小心用球打到我，沒有那麼嚴重好嗎，你這樣真的有點過頭了。」

徐嘉聲似懂非懂地看著我，「可是班導說要我多注意妳的身體，怕有後遺症。」

多事。

我故意輕快跳了兩下，「看到沒?本人非常健康，OK？班導那個是基於職責不得不說一下，你別放在心上了。」

「可是他好像真的很擔心，昨天還有問我。」徐嘉聲皺眉道。

「為人師表嘛，對學生不聞不問當然不行啦。」我說。

「是這樣嗎？」徐嘉聲忽然看向我手上提的早餐，「妳買什麼？」

「蘿蔔糕跟蛋餅，還有咖啡牛奶。」

「每天都一樣嗎？」

「好像是耶。為什麼這麼問？」

「滿常看到妳從那家早餐店出來的。」

「從上高中開始就吃這家，習慣了。」原來我們常在上學的路上遇到嗎？不過我怎麼從來沒印象。

「對了，有件事——」徐嘉聲忽然遲疑了一下，才說道，「何書培昨天來找我，問我是不是跟妳同班。」

「呃。」那個華麗花瓶冒險王是又要幹嘛啦。「他問這幹嘛？」

徐嘉聲搖搖頭，「不知道。他也問我跟妳熟嗎，然後——」

「然後什麼？」

徐嘉聲瞬間臉紅，「問說妳有沒有男朋友。」

喂班長關於這個問題該臉紅的是我吧，你臉紅個什麼勁兒啊？

「何書培這人怪怪的。」我不禁脫口而出，然後臉紅的班長你也很奇怪。
「那，所以，」徐嘉聲清了清喉嚨，「嗯咳——所以——」
「所以什麼？」
「妳有嗎？」
「啊？」
「男朋友。」徐嘉聲臉更紅了。
「沒有。」
我在內心默默地嘆氣。
我想要，但是我沒有，這樣可以了嗎？
徐嘉聲忽然點點頭，「嗯，我想也是。」
什麼叫「你想也是」？
上次說我醜這次說我沒男朋友很合理，班長你到底是有多瞧不起我？
「我說班長，你覺得我沒男朋友才合情合理，對嗎？」
徐嘉聲一愣，連忙澄清，「不、不是這樣，我不是這個意思……」
「總覺得班長你好像對我很有意見。」
「怎麼會呢！妳完全誤會了！我的意思是——啊，對——我的意思是，如果妳有男朋友的話，應該會一起上下學啊，對不對？但是我觀察了那麼久，從來就沒看過。」

「首先，沒人規定男朋友一定要是同校的吧？如果不是同校，當然就不會一起上下學了。再來——」我停下腳步，「所謂『你觀察了那麼久』是什麼意思？」

「……」徐嘉聲持續臉紅，然後扯開話題，「不過何書培為什麼會來問妳的事呢？」

「關於這個問題，你應該問他本人的。」我用提著早餐的手比了比正前方孔子銅像前的圍觀群眾。

當然，大家並不是在欣賞或者敬拜孔子銅像。

而是在圍觀其實不算少見的告白劇碼。

男主角是史上最沒演技的俊俏花瓶冒險王何書培同學，女主角好像是個高一小女生。由於何書培的人氣和長相，使得諸如此類的告白劇碼並不算難得一見，不過就我所知他從來沒答應過誰。在認識他（或者說因故跟他扯上關係）前，我也曾經在校園裡的其他角落看過女生跟他告白，只不過今時今日，我眼前的這一幕，實在讓人別有一種感觸。

雖然至今我仍然覺得何書培那天在圖書館前所說的話絕對只是大冒險，不過我也必須說，那句話還是多少留下了些淡淡的影響力。

再怎麼說，他還是第一個那樣對我說的人。

我跟著其他人群一起圍觀，一面想著教官還是主任之類的不知何時會出現來驅散大家，一面感受到某種複雜的情緒。

嗯，這個主動說喜歡我的人，現在在大庭廣眾下被告白。

我還在一邊跟著看熱鬧。

這也算是很另類的人生體驗吧。

後來這場告白劇在何書培還沒來得及開口回應前就被結束了。

狠心阻擋甜美校園小初戀的是一位有著黑魔女外號的教官。何書培在人群散去時和我對上了眼，我讀得出他的尷尬和訝異，他欲言又止；而我只是提著差不多已經冷掉的早餐，跟著徐嘉聲和其他人一起往教學大樓走去。

有時我不懂——或者說，大部分的時候我都不懂——所謂的喜歡是怎麼產生的。為什麼人會喜歡上一個只見過幾次的人？在還沒相處過，也不知道對方的性格情況下，到底「喜歡」這種情緒是如何產生的呢？曾經我很努力想了解，可惜即使看了再多本愛情小說，也從來沒找到什麼滿意的答案。

□

好不容易捱到死氣沉沉的數學課結束，我從座位上起來伸個懶腰，這時小柔劈哩啪啦地從教室另一端衝了過來。

「欸，妳知道今天在孔子像前面跟我們培培告白的女生是誰嗎？」

「當然不知道。」我毫不在意形象地打了個呵欠，「是誰有差嗎？」

小柔捉住我的手，「這很重要好不好！」

到底哪裡重要了？「……妳已經知道那女生是何方神聖了？」

小柔用力地點頭，說道，「池田陽菜！那個女生就是池田陽菜。」

「什麼『就是』？」

「池田陽菜啊，妳不知道嗎？我有講過吧！就是那個才高一就已經被經紀公司發掘的混血天才美少女啊！」

「咦我們學校什麼時候有這種混血美少女了？」莫非真是我孤陋寡聞？

「妳真的除了打電動之外什麼都不關心耶。」

「哪有，我已經很久沒上線了。」聽說學生的本分是讀書！

小柔甩開我的手，「少來。」

「——欽申茉莉，外找。」不知誰這麼叫了一聲。

剛好我一點都不想繼續原本的話題，於是順著聲音，走向教室前門。

「誰找妳啊？」小柔百無聊賴地跟在我身後，然後在我還沒來得及反應前，她就已經先出聲了，「是培培！」

培……妳還真是順口。

何書培站在走廊上，雖然他背後沒人，但我卻有種「一定有人拿槍指著你對吧」的強烈感覺。

「你，找我嗎？」大冒險還沒玩夠？

何書培點點頭，他明顯感受到周圍視線，神情十分僵硬。

也是啦，剛剛才被當成全校話題，現在確實走到哪都很引人注目。

「有件事想說一下，」何書培吸了口氣，輕而緩地說道，「早上的事不要誤會，我並沒有答應那個女生。」

「……」

我明顯而深刻地感受到，現在換我的臉變扭曲了。

你跑來跟我說這個幹嘛？你想害死我嗎？你知道這會變成新八卦嗎？這是整人遊戲對吧？

何書培疑惑地望著我，「妳在生氣嗎？」

「沒有。」

我不得不回答，不必照鏡子也知道自己臉色愈來愈難看。

你怎麼可以問我生不生氣？

你知道這裡是大庭廣眾，人來人往的走廊嗎？

你這種問法根本是讓我跳進黃河也洗不清，懂嗎？

我一點都不想跟你還有你的仰慕者扯上關係！

「放學後妳有空嗎？上次，我的話還沒說完。」何書培說道。

很難判斷此刻的何書培到底在想什麼，他的神色還算自若，看起來並不像是開玩笑，可是，也完全看不出來在喜歡的女生面前那種臉紅心跳的感覺（這是基於某種我自己都覺得不可能的假設）。

——你到底想要幹嘛？

好奇心讓我歪著頭，猶豫了好一會兒，才答道，「我有空。」

「那麼我在圖書館門口等妳。」何書培看了眼因吃驚而張大嘴的小柔，補了一句：「請一個人來。」

「嗯。」

第四章．書培

騎虎難下

我在筆記本上寫滿了這四個字。

後悔，超後悔的。

人生真的是一步錯步步錯。

如果真能有時光機器的話，我不求預測什麼考試題目還是樂透號碼，只求能時光倒流，讓我收回在圖書館前對那顆包子說過的話。

我到底是在幹嘛？！

何書培你真的是喪心病狂了！

你竟然就這樣沒頭沒腦的跟一顆你一點都不喜歡的包子告白，雖然是一時情急下脫口而出的話，但是也未免玩太大了。

——當然，這些糾結的心情並沒有顯現在我臉上。

像我這樣以演技取勝的人，當然不可能讓這些內心糾結顯露出來。

此刻的我就像是經典名片什麼非諜影裡的亨佛萊什麼一樣，沉著，冷靜，喜怒不形於色，旁人完全無法察覺我的心情。

「喂。」陳望峰忽然拉開椅子在我面前坐下，臉色不甚好。

「幹嘛？」

「池田陽菜的事，怎樣？」

「什麼怎樣？」

「人家可是鼓足勇氣來示愛了——」陳望峰注意池田很久了，看得出來他不太開心。

「社長大人，」我說，「我對池田沒興趣，你不用管我。」

你就勇往直前去追吧，加油，慢走不送。

陳望峰像是聽到什麼不得了的大八卦似的，瞪著我，「你說真的？」

「嗯啊。」我懶洋洋地闔上筆記本，「沒興趣。」

「你有病啊？」沒想到陳望峰臉色更難看了，「我們家陽菜哪裡不好了？！」

她沒有不好只是我現在沒時間也沒心情理她，OK？

我苦笑答道，「她很可愛，我也知道她滿有名的，但是我最近真的沒心情。」

「靠，你該不會偷偷跟什麼比我們陽菜更漂亮更正的美少女談戀愛了吧？」陳望峰一臉八卦，湊近我，「欸，哪班的？還是其他學校的？有沒有照片借看一下啊～能讓你心動的女生，我很想見識一下耶。」

「你有必要這麼大聲嗎？而且跟你想的完全不一樣。」

本大爺真的沒有心情解釋，下次吧。

連續的錯誤決定，總不能在這個時候拿出來跟陳望峰討論，也太傷自尊了。

……自尊啊。

就是為了自尊，所以一開始才會藉著拍影片來找機會整整那顆包子。可是現在怎麼搞的，好像諸事不順，事情完全走偏了？

圖書館前所說的話，根本不在計劃之內。

不對，所謂的計劃其實就還沒成形過。

也就是說，我在一片空白的情況下就已經行差踏錯，把自己一步步推上了懸崖。而且，今天池田陽菜來告白之後，我其實沒必要去找那顆包子的。反而應該藉機會就結束掉圖書館事件才對。可是，我竟然蠢到又去約她一次——

天哪我到底在幹嘛？！

我都快開始懷疑自己的智商了。

明明就是挽回自尊的復仇大計，為什麼反而是自動自發往深淵走去？

更悲哀的是，對方連手指都沒動一下，我就自己節節敗退了？

我知道了！

一定是因為本大爺太過正派，沒辦法幹出這種偷雞摸狗的下流勾當！也就是說，因為本大爺太善良，所以完全沒有做壞事的天分，一定是這樣的，一定是！

人太正派也是一種錯誤啊，唉。

「你幹嘛？」

我如夢初醒，「啥？」

陳望峰盯著我，「一臉糾結，感情不順嗎？沒關係，告訴本社長，讓本社長替你分憂解勞——」

「我才——」我忽然想到，把到唇邊的話收回，改口，「欸，上次你是不是約了別班的女生去社辦拍什麼影片啊？參加抽獎什麼的。」

「喔，那個啊，對啊沒錯，你不是替我解決了嗎？辛苦了辛苦了。」陳望峰不以為意地說道。

「那個女生是你朋友？」

陳望峰抓抓頭，「你說申茉莉喔，同個補習班的，聊過幾次，我覺得她腦筋很好。」

「腦筋很好？」難不成這顆包子很會讀書？考試都得一百分？如果是這樣那幹嘛還去補習？

「她還滿常陪同學來看我們演出的，我覺得她的感想都很一針見血。」

靠北。

那顆生煎包的感想不就是本大爺演得很爛而已嗎？

你現在是很同意她囉？

我冷道，「——願聞其詳。」

陳望峰這時倒是突然變聰明，嬉皮笑臉，「哈，可是我聽完就忘了耶。」

最好是！

□

雖說是自己主動約了那顆包子見面，可是到底要見面幹嘛，我自己也一片茫然。

冷靜想想，再這樣玩下去，真的會愈鬧愈大。

可是，事已至此，我也真不知該怎麼辦才好。

──不知道直接對生煎包說出「抱歉，我要取消那時的『喜歡妳』」，能不能讓她的少女戀愛夢狠狠破碎，然後大哭跑走。

如果可以達到這種效果的話，那也算報了一箭之仇。

靠在圖書館前的欄杆上，我看著遠遠的教學大樓。已經搞不清楚是老舊還是骯髒的深灰色顆粒磨石子外牆過去幾十年間都以同樣的姿態存在著。聽說明年要整修了，但是我覺得現在的樣子也沒什麼不好。

然後不知道為什麼，我從磨石子牆想到了今天早上的女孩子。

池田陽菜，十五歲，天蠍座A型。

如果沒記錯的話，應該在我為《SEVENTEEN》拍雜誌內頁時見過幾次。有著像二次元少女一般的可愛嗓音和充滿光澤的柔亮黑髮。怎麼形容比較好呢?她就像是某部動漫裡的貓咪少女角色「野之尾盛夏」那樣，也有一點《加速世界》裡「黑雪姬」的味道，應該算是相當討人喜歡的類型吧。

這麼討人喜歡的女孩子來到我面前，為什麼我一點心動的感覺都沒有呢?

我摸著下巴，思考著這個問題。

如果說高中時期的女孩子都一心想著談戀愛，那麼高中時期的男生應該也一樣才對。別的不說，跟我比較熟的同性朋友、社團成員，像是陳望峰什麼的，個個都有喜歡的女生了。

只有我沒有。

嗯，這到底為什麼呢？

為什麼今天早上的告白事件只讓我覺得小小虛榮，小小麻煩，卻一點心動的感覺都沒有？是我這個人太奇怪了嗎？

「咳嗯。」

一聲輕咳打斷了我的「自我探究」，揹著書包的生煎包不知何時已經來了，站在階梯下，似乎猶豫著要不要往上走。

我看妳是懶得爬樓梯吧。

算了，我下去也行。

什麼計劃都沒有的我，就這樣重新揹好書包，走向生煎包。

她臉色不太好，舉起了手上的塑膠袋，「我不知道你喜歡喝什麼，一杯是微糖少冰的珍奶綠，另一杯是無糖去冰的珍奶綠，你要哪杯？」

「妳先選吧，我都可以。」

「那我要無糖的。」

也是啦，都這長相身材了，還喝含糖飲料，不至於這麼放棄自己吧。

我接過飲料和吸管，道了謝。

「不用道謝。這是說好的。」生煎包講話時常常不知不覺嘟起嘴，「……剛剛看到上次的活動公佈得獎名單了，我中獎了，謝謝你幫忙。」

「喔，」那個蠢影片。「所以妳會收到明信片。」

「對。」她簡短地答道。

然後——

然後我忽然不知道該說什麼好了。

生煎包抬頭看了我幾秒，那眼神跟其他總是放射愛心光波的女孩子不一樣。

她收起打量的目光後，主動說道，「今天早上，那個跟你告白的女生很有名耶，我同學跟我說的。」

喔喔，吃醋了吃醋了！

果然這世上還沒有什麼女生是不會拜倒在我的石榴褲下的！

「嗯，也是學生模特兒……拍雜誌內頁時有見過幾次。」
奇怪了我幹嘛跟妳解釋。
「那樣的女生，跟你比較相配吧。」
這不是廢話嗎？
難不成妳覺得我跟妳比較配嗎？
她接著說道，「所以啊，你之前說的話，我就當成沒聽到——這樣OK吧？」
「啊？」
不是這樣吧？
妳不是應該因為有情敵出現，所以緊張萬分、想要討好我嗎？
而且、這麼說來——
我不就等於告白被拒、被甩了嗎？！
這怎麼可以！
要是被人知道我跟顆包子告白而且還被甩掉，絕對會成為我人生的又一奇恥大辱！
「……你沒事吧？你的表情好恐怖。」生煎包探詢。

少來！像我這樣的演技天才，怎麼可能讓喜怒形於色？妳不要亂講！

「……沒、沒事。」

「可是你一臉深受打擊的樣子。」生煎包認真地看著我，然後問了句：「看你的樣子，你該不會——真、的、喜、歡、我、吧？」

可惡！

完全被逼入絕境了！

我現在只有兩條路可以選，一是直接放棄根本還沒成形的復仇計劃，隨便找個理由說一切都是誤會好了謝謝再聯絡；二是堅持自己說出口的屁話，想辦法把謊話圓下去而且務必讓她喜歡我接著再想想看怎麼才能整到她。

「你知道你快要把杯子捏爆了嗎？」生煎包無可奈何地嘆了口氣。

「喔。」我無意識地應了一聲，把飲料放在護欄平台上。

藉著這個動作，我決定重新調整態勢。

「妳好像不把我說的話當一回事。」這次採取傲嬌一點的態度。

生煎包嘆了口氣，「我只是不能理解，而且也覺得沒有可信度。」

嗯這倒是。

像我這樣的天之驕子要是真的喜歡一顆生煎包，我自己也會覺得不能理解、沒有可信度——不過那是話術嘛，又不是真的。

「不然，你告訴我，你喜歡我哪一點好了。」

生煎包突然發動攻擊！

殺得我措手不及。

「這個嘛……」

靠北女孩子都這麼麻煩嗎？

妳就不能隨便點個頭說聲謝謝然後回答一句**其實我也喜歡你很久了**，然後乖乖讓我甩掉而且還造成初戀創傷就好了嗎？

生煎包看我不答，於是又追擊，「那我換個問題——難不成，你見到我的時候會臉紅心跳、既期待又怕受傷害嗎？」

「……」我呆了一會兒後忍不住說道，「妳這麼會拷問人，有沒有考慮畢業以後直接去念警校？說不定下個五億探長就是妳啊小姐。」

「啊？這樣就算拷問了？」生煎包竟笑了出來，「再怎麼樣也得把你綁起來，用個烙鐵燙燙你才算數吧。」

「……烙鐵咧……」妳古代人嗎？

「不然也該用什麼布包著的鈍器痛毆你一頓啊，對吧？」

「……妳果然是天生的拷問高手。」

「何同學你別扯開話題喔。」

靠本大爺的打算竟然被發現了！「妳別亂說，我才沒有。」

「那你就好好回答我的提問吧。」生煎包一臉等著看好戲的表情，拆開吸管紙套，嘴角還帶著笑。

怎麼有種想揍人的衝動呢？

不過，說到底，也是我自己不好吧。

「——嘿，你們怎麼都在這兒？」耳熟的聲音從數公尺外傳來，是老同學徐嘉聲。穿著體育服，套著護腕，一邊用毛巾擦臉，一邊大步跑了過來。

「喔，是班長啊。」生煎包吸著飲料，有些含糊地向徐嘉聲揮了揮手。

徐嘉聲三步併作兩步奔過來，看看她又看看我，「你們在幹嘛？」

生煎包此時以一種「怎樣，你覺得我要不要告訴徐嘉聲呢？」的目光揶揄地看著我，然後才回答徐嘉聲：「上次何同學幫我拍了影片參加活動，結果我抽中了，說好要請他喝飲料。」

我只好跟著點頭，同時祈禱徐嘉聲快點消失。

沒想到徐嘉聲看向我，說了一句讓我和生煎包都不知所以的話。

「謝謝，謝謝你幫忙。」徐嘉聲對我說道。

「啊？」生煎包一臉被嗆到的表情，「班長你謝他幹嘛？」

「他幫了妳的忙啊。」

「那也是她道謝就好了，不是嗎？」我努力地把干你屁事四個字忍住。

「哈，也是喔……」

徐嘉聲抓抓頭，有點不好意思——

等、等一下，徐嘉聲你表情不太對喔。

你臉紅了，對吧？

我看向不知是遲鈍還是無知覺的生煎包，她小姐倒是一派自得地啜著珍珠吹著涼風。然後，徐嘉聲不自覺地盯著生煎包。

我的天哪——

不會吧。

拜託，徐嘉聲同學，憑你一表人才你的身高姿色，你該不會看上那顆包子吧?那顆包子到底是哪裡好了，要漂亮不漂亮要身材沒身材，身為男人你的眼光這樣不行吧。

重點是，現在正是緊要關頭，你不要來添亂啊！！！

「對了，」結果徐嘉聲並沒有離開的打算，他說道，「何書培你不是問我小茉有沒有男朋友嗎，今天早上問她了，她說沒有。」

小茉……

請不要用這麼可愛的名字來招搖撞騙好嗎？！

「……我才想問，何同學你問這幹嘛。」生煎包直視著我，「你要介紹什麼叔伯兄弟給我嗎？」

靠北誰會沒事陷親戚於不義啊！

「沒這回事。」我淡定地說。

生煎包看看我又看看徐嘉聲，然後把書包揹好，「欸，沒事我先走了。班長你好好打球啊，聽說下星期有校際聯賽，沒有拿前三下次選舉我就不投你。」

徐嘉聲竟然毫不掩飾，帶著溫柔的眼神看向生煎包，微笑，「上次我們拿了第二名，妳還不是沒投我。」

生煎包不置可否地笑了笑，接著朝徐嘉聲和我揮揮手，「先走囉，Bye。」

「欸，等一下。」

奇怪我幹嘛沒事叫住她？！

生煎包和徐嘉聲不約而同看著我。

我保持一貫的（?）泰然自若，說道，「一起走吧。」
生煎包狐疑地望著我，沒開口，徐嘉聲則是臉色稍沉，但隨即笑了笑，「我也該回場上——小茉，明天見了。」

□

走出校門時，大概是因為我是今晨告白事件的主角，受到了不少注目禮。何況，跟我走在一起的還不是早晨的女主角，而是顆能充分突顯我帥氣的包子，想也知道這更增添了幾分八卦氛圍。
生煎包一路沉默。
對於跟我並肩而行這件事，似乎既不討厭也不喜歡。
從側面看，她的臉頰不必閉氣就已經鼓鼓的了。
所以——我得到一個結論——這女生，看全臉時是包子，單看側面是嘴皮肉。
到底要吃什麼才能長成這樣啊。
我是不是該問一下她平常都吃些什麼，然後把她喜歡吃的東西列為我的禁忌食物？免得哪天不小心吃錯東西變成這種食物臉就慘了，畢竟要走演藝圈，外貌還是很重要的。

「欸，何同學。」

「嗯？」

生煎包停下腳步，轉頭看著我，「別鬧了。都已經是高中生了，你不會還跟人家玩什麼無聊打賭遊戲吧？把我當成什麼遊戲目標嗎？」

「就說了沒有這種事。」糟了，又繞回恐怖的抉擇點。

「那你到底想要幹嘛？」生煎包停下的地方是公車站牌附近，路人看來我們大概就是在等公車罷了。她輕皺著眉，說道，「這樣耍我很開心嗎？」

「沒有……」我含糊地答道，老實說我覺得我要到的是自己……搞到自己這樣不上不下的，我都不知道自己在幹嘛了。

生煎包看著我，幾秒之後，她換上挑釁的表情。

「你的意思是你說的都是真心話？」

來了來了抉擇點來了！

這是我最後的機會了！

何書培你就坦白爽快結束這一切吧——

只要爽快承認，這一切鳥事就能馬上結束啊啊啊！

第五章．小茉

「——對。」何書培用一種「來啊妳開槍吧爸媽恕孩兒不孝來生再見」的表情說道，「是真心的。」

這傢伙還真是死不悔改。

最好一個真的喜歡我的人會是這種表情。

要玩是吧？

那本姑娘就陪你玩下去！

真是不怕死嫌命長。

我微笑道，「那好吧，反正我現在也沒有男朋友，我們就好、好、交、往吧。」

何書培真的一輩子，不，三輩子都不可能成為演技派——

此刻的他臉糾結成一團，雖然還是帥氣好看，但看起來實在痛苦萬分，活像被人用釘子敲進膝蓋，還是便秘一個月之後終於上了廁所但痔瘡爆破那樣悲慘。

上次看到這種表情，應該是在什麼B級恐怖電影裡女主角被食人魔吊起來切手指的時候吧。

不是說喜歡我嗎？

喜歡的女生說要交往，竟然露出這種表情，你把本小姐當傻子嗎？

「怎麼了，看起來不太開心呢——」我貼近他，低聲說道，「要認輸了嗎？」

這個「自稱」喜歡我的人，果然嚇得退了一步。

他倔強地瞪著我，不發一語。

「現在說句『對不起，我只是在開玩笑』，還來得及喔。」我雙手抱胸，「念在你幫忙拍了影片，我不會追究的。」

何書培顯然有些動搖，但幾秒鐘之後，他再度露出那種只會出現在舞台上的誇張神情，矛盾又勉強地說道，「交往吧。」

「……這可是你說的。」這人真的是不想活了。我拿出手機，「交換聯絡方式吧。」

何書培不知道是下了決心還是怎樣，毫無反抗地跟我交換了聯絡方式。

我看著他的手機畫面，「欸，你這樣不行吧。」

「什麼不行？」他有些困難地發出聲音。

「都已經是交往關係了，聯絡人名稱當然要設成暱稱才可以啊。」我故意說道。

何書培果然臉色更恐怖了。「暱、暱稱？」

「你要叫我什麼呢？親愛的培培。」

「培——」他哭喪著臉，「別這樣……拜託連名帶姓叫我，可以嗎？」

我眨眨眼，「可是這樣就沒有專屬感了。」

「……那，那，至少不要疊字，拜託。」

哇，看你的樣子——你該不會即將成為第一個被我搞哭的男生吧？

算了，要折磨你的手段還多著呢，這次就先放過你。

「算了，暱稱的事我再想想吧。」我微笑道，「事情很多，一件一件來。」

何書培一凜，「什麼意思？」

「既然你已經有我這個女朋友了，池田什麼菜的事，該處理一下了吧。我的意思是，你總不能讓人抱著希望空等回應，對吧？」

本來以為何書培會不太情願，畢竟是男生都不會想錯過那種標準派正妹，不過他卻露出了令我意外的表情。

「這沒問題。」何書培幾乎是鬆了一口氣的表情。

「是嗎，我可是會驗收成果的。」我把手機收回書包。

何書培聞言，注視著我，彷彿燃起了什麼鬥志似的。

「這麼說來，我也可以對妳有所要求吧？」

「當然不可以。」我微笑，「再怎麼說也是你先喜歡我的。」

何書培大概沒料到我這樣回答，愣住了。

我續道，「不過我人很好，如果你的要求不會太過分，那我還是可以考慮考慮。」

「……妳比我想像中還要……」何書培思索了一會兒，才說，「比我想像中還要伶牙俐齒。」

我稍微迂迴地說道，「人生要是只會出現意料之內的事，那還有什麼樂趣可言？」

何書培同意也不是，反對也不是，只好拋出苦笑。

「——親愛的。」我決定放個冷箭。

他果然呆了呆，老半天才以顫抖的口吻答話：「什、什麼事？」

「我是你第幾個女朋友？」不管是第幾個，我相信我都會是帶給你最不堪回憶的那個。

「第二個。」何書培彎起食指，輕碰了一下高挺的鼻尖，調整了一下態勢，反問，「同樣的問題我也很想知道——我是妳第幾個男朋友？」

「如果幼稚園不算的話，你是第一個。」雖然我想起了另一個人，但所謂的「交往成立」，何書培確實是第一個。

「那麼，是初戀了。」何書培不知為何露出滿意的表情。

有點欠揍。

「所以呢？」我問。

何書培終於展現笑顏，很明顯有陰謀，「我曾經在書上看過一句話：『初戀是很刻骨銘心的。』」

「『刻骨銘心初戀金銀情侶套餐』是吧？」

騙我沒看過《食神》啊？周星馳還說「孔子和耶穌講過初戀無限美」咧，電影台詞我也是知道不少的。

「不是，是妳喜歡的那個什麼曼波魚小說裡的對白。」何書培剛說完就一臉後悔。

看你的表情，你也知道男生看這種書不主流是吧。

「……我們學校到底是怎麼了，怎麼每個男生都會看愛情小說啊……」

「每個男生？什麼意思？」

「徐嘉聲啊，他也看愛情小說。大概是我有偏見吧，我覺得男生八成只看漫畫或者租書店那種封面畫著爆乳的系列小說。」

何書培不置可否，「妳跟徐嘉聲很好？」

「在他用球打到我之前其實不熟。」我說，「而且我才沒有喜歡亮亮魚。」

「如果那作者知道是妳這種讀者抽中獎品，她應該會很想哭吧。」

我扮了個鬼臉，「咬我啊。」

何書培忽地往前跨了一步，瞬間跟我只剩不到十公分的距離，閃著光彩的眼眸直視著我，一瞬間如同曾經在高山上見過的星光那樣耀眼。不愧是什麼幾大校園美少年還什麼的，確實光是容貌就有殺傷力。

但是，我如果要被騙早被騙了，才不會等到現在。

「──期待嗎？」何書培嘴角輕揚。

我往後退開一大步，「期待什麼？還有你幹嘛忽然靠這麼近──」

何書培像是扳回一城似地得意起來，「當然是，期待被我『咬』啊。」

你要不要臉啊？

不過我沒這樣脫口而出。

姓何的你要是以為我會示弱，那你就大錯特錯了。

「我們親愛的真是相當熱情啊。」我說，附帶超甜笑容。

果然何書培一聽到「親愛的」三個字就傲氣全失，馬上被打回原形。

雖然到現在還不知道這個人打的是什麼算盤，不過看何書培的反應，我相信不到三天他就舉手投降，夾著尾巴逃跑。嗯，這麼說來，我即將要毀掉一代男神（？）的小戀愛遊戲，好像挺好玩的啊。

□

老實說我覺得自己很不可思議。

其實在去圖書館找何書培之前，我明明就下定決心不要蹚渾水的。

但是看著他種種可疑行動，我實在忍不住提了稍一冷靜就絕對會後悔的選項——那就交往吧。然後說了一堆平常絕不會說出口的話「調戲」何書培。

我果然是很容易被激怒的唉。

申茉莉，妳這樣不行啊，太好勝了。

而且過度好奇的人都不會有好下場。

更糟的是，這次的對手還是個一舉一動都很受人矚目的華麗花瓶冒險王。

我坐在書桌前對自己說。

不過，何書培的種種行為真的讓我非常無法理解。

在拍影片之前，我跟他一點關係也沒有。

他這麼做的動機到底是什麼呢？

我拿出筆記本和筆，翻到一頁空白，開始塗塗寫寫。

……何書培啊。

我用手機查了一下何書培之前在雜誌上的訪問和資料，上面簡單寫著星座和血型（很好跟我完全不對盤），還有身高體重（確實是有當偶像的本錢）。

重點是，雜誌裡的何書培，散發著一種英倫貴族般的王子氣息。

不對，那應該是穿了昂貴針織背心、高級長袖襯衫和設計款九分褲外加超華麗背景的關係。

不過，長相容貌就跟衣著沒有關係了吧——

濃而上揚的眉，平常細長內雙的迷濛眼，認真時會突然變得深邃明亮，配上相襯的挺鼻和看起來味道很好（？）的唇瓣……嗯，不得不承認，所謂的英俊就是不管有沒有造型師，都能讓人心動不已吧。

不行，還是別再看下去的好。

不能就這樣被外表所騙。

我放下手機，重新把視線調回筆記本，再次寫下了何書培三個字，筆尖在紙上敲啊敲點啊點。

但仍毫無頭緒。

然後——

手機忽然跳出了訊息，是小柔。

哎呀。

——妳到家了嗎？後來怎麼樣了？妳不是說到家告訴我嗎？我等好久了～

該死都忘了這件事。

那時好說歹說才阻止了小柔躲在圖書館旁邊偷看，代價是我回來後一定要跟她仔細報告到底發生了什麼事。

我看著訊息，不知道該怎麼回才好。

申茉莉妳振作啊，要小心回答，別讓小柔不開心！

我想想啊。

「嗯，小柔啊，因為何書培說是真心喜歡我，所以我就說交往吧。」

不行，絕對會被殺的。

「那個，小柔啊，我跟何書培一起玩戀愛實驗喔，妳放心不會很久的，我想大概三天就玩完了。」

這是什麼鳥話啊啊啊。

看來，還是據實以告……

不過，身為何書培的粉絲，小柔到底喜歡他到什麼程度呢？

這我實在沒辦法拿捏。

這時只能怪自己，以前小柔在叨唸何書培的事情時，我實在太不在意了。

再怎麼說，我也不想上演為了華麗花瓶男跟閨密反目的劇碼……

只是我還沒得到結論前，Line 的語音通話鈴聲已經響起，我放棄掙扎地接起電話。

「妳怎麼都沒跟我聯絡？！」小柔劈頭就是一句。

「那個啊……有點事，所以……」

「難道跟我們培培在一起到現在嗎？」

「不是不是。」糟了，還叫他「培培」，看來還是很喜歡他。

「妳快說啦，到底我們培培找妳有什麼事。小茉妳知道嗎，我覺得自從妳找他拍影片之後，你們兩個就怪怪的了。」

「……嗯，好像是。」相信我，我也是挺後悔的。

「所以說，到底發生了什麼事嘛！」

如果今天何書培是真的喜歡我，或者，我是真的喜歡他，這事情反而好解決。我只要抱著必死的決心跟小柔說清楚就好了。問題是，現況並非如此。這就像一場才剛要開始的瞪眼比賽，要比誰先認輸。更何況，至今我都還不懂何書培的動機是什麼。

我實在不知道從何說起，也不知道該跟小柔坦白到什麼程度。

「……總之呢，何書培他……」才講了這幾個字，我就無法繼續。

「他怎麼樣？妳快說嘛！」小柔叫道，「我真的好想好想知道他找妳幹嘛。」

「他……他找我是為了……呃，談談感情問題。」

「啊？感情問題？」

某種程度上，所謂的「告白」也是感情問題的一種嘛……

「嗯啊。」我無意識地應了一聲。

「——妳的意思是，我們培培找妳開導他嗎？」

「我又不是輔導老師，哪有資格開導他……」

「那到底什麼叫『談談感情問題』嘛？啊！我知道了——」小柔忽然自己想到了什麼，拍手大叫。

「妳知道？」我嚇出一身冷汗。

「他是不是跟妳商量池田陽菜的事？」

「這個嘛……」今天是有提到池田陽菜，不過那是因為我故意整他才說的。

聽到我遲疑的語氣，小柔拉長聲音，說道，「喔——我知道了，他拜託妳保密，對嗎對嗎？」

「……確實是需要保密……」

開玩笑，今天的男主角可是人氣王何書培，如果讓大家知道了，只會讓我連帶成為大家茶餘飯後的八卦，全校女生的公敵，我又不是吃飽撐著沒事找事。

我可不想讓自己平靜的高中生活毀於一旦。

不過，那我今天幹嘛這麼沉不住氣，開口說什麼要交往，直接冷處理才對嘛。

申茉莉妳果然還太幼稚。唉。

「一點點都不能透露嗎？」

我想了想，「如果能說的時候，我一定會說的。」

我不想說謊，最好的方式就是暫時都別提，等到事情告一段落之後，我再跟小柔負荊請罪。

小柔發出嗚嗚的聲音，假哭了一下，接著問道，「可是，為什麼何書培專程找妳商量呢？妳跟他什麼時候變成好朋友了？」

「這個嘛，就之前在圖書館也有遇到過……我也不知道為什麼他會找上我。」

這句話百分之百真心！

我真的不知道為什麼！

連自己的戀愛都可以出賣，只為了纏住我，這人在想什麼，我完全猜不透啊。

「嗯……對呀為什麼呢？之前去看他演出，每次去後台都是我拉著妳一起去的，妳也沒有單獨去過，為什麼他找妳而不是找我呢？」

「這真是個好問題……不過我想他對我曾經去看過他演出的事，應該不會有印象才對。」畢竟我也不是什麼存在感特強的人。

「啊！我想到了——」小柔說道，「我知道培培為什麼選擇跟妳聊了——」

「為什麼？」洗耳恭聽啊，請務必突破盲點。

「因為啊，如果跟一般女生聊這些，很容易被誤會吧，跟比較不漂亮的女生聊，就不會被亂想了，對吧？就像要是薛之謙、田柾國、邊伯賢什麼的跟趙麗穎、秀智、徐玄一起出門絕對被誤會，但如果他們是跟渡邊直美一起出門，再怎麼說大家都會相信他們是在研究工作的。」

「……妳現在是對我們家直美有什麼意見？！」妳其實是對我有意見吧可惡。

「沒有啦沒有啦，我只是說我了解了嘛……我們培培還真是深思熟慮呢。也是，像他這樣一舉一動都備受矚目的偶像，確實不能做出什麼讓人誤會的事。」

聽了小柔的話，忽然覺得我剛剛為了如何解釋而苦惱的心情太蠢了。我都不知道蔡品柔妳腦補功力這麼強大耶，失敬失敬……

「唉，反正，就這麼一回事吧……」隨便妳怎麼想都好，我自己也一團混亂，顧不了妳了。「總之，最近這兩三天，如果看到我跟何書培『比較』常見面，這也是正常的，妳別太在意了。」

「雖然覺得很羨慕，但是這也沒辦法。」小柔說道，「可是，我想拜託小茉一件事。」

「嗯？」

「多幫我說好話吧，如果可以的話，就算一次也好，我好想跟培培單獨約會喔。」小柔以精明能幹的盤算語氣說道，「再怎麼說，他找妳商量事情，也算欠了妳人情吧？那說不定之後妳可以——」

「可以怎樣？」

「可以叫他跟我約會一次來償還這個人情啊，妳說對不對？」

「……」

如果他真欠了我人情，我會叫他請我一星期份的珍珠奶綠好嗎。

再不然叫他交幾張簽名照出來讓我變現也不錯啊。

「欸小茉，我們可是好朋友啊。」

「是是是。」

「妳好敷衍。」

「沒有啦……我哪敢。」只是不知道該說些什麼而已。

「那我們培培就拜託妳了。」

「呵、呵。」

「記得勸他不要接受池田陽菜，把機會留給我喔，啾咪。」

「……呃。」妳會不會想太多了同學？

這時小柔突然輕喊了一聲，「對了。」

「嗯？」

「有件事還是先確認一下比較好。」

「什麼事？」

「小茉妳，該不會也喜歡我們培培吧？」

「……妳這到底是哪來的錯覺？」

小柔稍微想了一下，說道，「也許妳只是沒表現出來而已，說不定妳其實也是他的影迷哩。」

「最好是影迷。拜託，他根本都還沒出道好嗎？」我說道，「我不喜歡何書培，就這樣。」

「那就好，呵。」

結束通話之後，我有種氣力放盡的虛脫感。

看來我真是低估了何書培的魅力。更重要的是，何書培事件要是沒處理好，小柔一定會生氣；我可不想因為這種雞毛蒜皮的事影響我們之間的友情。

要是真的喜歡上同個男生而發生爭執也就算了，為了這種莫名其妙的狀況搞到連朋友都做不成，未免也太慘。

可惡，都是何書培那傢伙不好——姓何的你想玩遊戲是吧，好啊，本小姐奉陪，你就乖乖睜大眼睛等著看我怎麼玩殘你！

喜歡我是嗎，那就讓我看看你為了「喜歡的人」能付出多少吧！何、同、學。

第六章・書培

「欸，你怎麼了？心事重重的樣子。」

我從混亂的思緒中驚醒，「沒有啊。」

「你這幾天都怪怪的喔。」臉上敷著面膜的老姊，以神奇的姿態抱著台啤和九層塔口味的可樂果，一邊發出卡滋卡滋的聲音一邊說道，「我可是愛情小說界的空靈文藝美少女，你騙不了我的。」

「這跟愛情小說和文藝美少女沒關係。還有姊妳距離『美少女』至少十年以上了，還用這種稱號臉皮會不會太厚了一點？」

「你沒看到我現在正在好好保養我臉皮、免得皺紋愈來愈多嗎？」老姊自己說完自己笑得很開心，之後還補充：「那個外號是出版社想的，我才沒這麼有種。」

「妳應該嚴正拒絕的，再怎麼說妳跟『空靈』兩個字還是八竿子打不著。」

最好是有哪個空靈文藝美少女會穿著鬆緊帶已經虛掉的褪色運動短褲，把遙控器直接放在胸口，抱著台啤和可樂果癱在沙發上打嗝。

「等我發現自己變成『空靈文藝美少女』的時候，這幾個字已經印在書腰上了。還有你不要逃避我的問題——你怎麼了最近？魂不守舍的。」

「沒有啦。」因為我交了一個自己一點都不喜歡的女朋友——這種話我說不出口。

老姊放下可樂果，認真地盯著我幾秒，「我一直很想問你，你是同性戀嗎？」

「……」妳這到底是哪來的疑問？！我沒好氣地反問，「我像嗎？！」

「在你這個年紀，應該要對愛情很憧憬啊，不管是喜歡女生還是喜歡男生，還是都喜歡，總之就是會不停發情。」老姊續道，「但是你好像從來就沒有喜歡的女生，所以我就在想，你是不是喜歡男生，然後不好意思讓我們知道。」

「並沒有。」到底什麼叫「不停發情」？！

真的，我真心覺得自己一輩子都當不了小說家，想像力嚴重不足，同時也對老姊強大的幻想甘拜下風望塵莫及。

「那你現在是突然有了喜歡的女生嗎？」

「沒有，怎麼可能。」

老姊哼了哼，「可是你就一臉為情所困的樣子。」

為、為情所困……

我困擾的地方就在於，我對那顆包子一點情都沒有，有的話就不會這麼焦慮、坐立難安了。明明就是我要惡整她的，但現在我覺得自己反而被惡整了，我可是萬分苦惱，苦惱萬分啊。

「——欸姊。」

老姊忽然眼神一亮，拍著沙發示意我過去，「終於想通要來諮商了嗎？你姊我人最好了，絕對保密，尊重隱私，耐心傾聽，不另收費。」

「嗯、還是算了。」謝謝妳瞬間堅定了我死守秘密的決心。

「欸欸這位小哥，別走啊～」

「吵死了妳，去看電視啦。」

「唉你可別說我這做姊姊的不關心你喔，是你自己不想講的。」

「妳的關心我承受不起，無福消受。我先告退了，美少女妳慢慢對著孔劉、李棟旭發花痴吧。」

「呿。」

反手帶上房門，我看到手機上出現戀人APP傳來的消息。

是的，戀人APP。

這顆包子要求我做的第一件事，就是跟她一起裝上戀人APP。

所謂的戀人APP就是用手機號碼連結兩人，有點像是只有戀人雙方才能使用的Line，介面算是女孩子喜歡的可愛型，可以上傳照片當作相簿，也可以共用行事曆……

在安裝APP的時候，我不止一次在心裡吶喊，到底是什麼人能想出這種折磨大家的東西，程式開發人員絕對是女生沒錯！

戀人APP的消息提示：**申茉莉新增了明天的活動行程「社團」**

差點都忘了，她參加的是非常沒有建設性的讀書社團，讀書社規定成員一週要讀完一本書，科普或小說不限，而這顆包子已經在開學沒多久的時間內把整學期該讀的份量一次解決了。

好吧，讀書速度驚人勉強可以算是她的強項之一。

不過讀完之後理不理解，我就不知道了。

而且我也不想知道。

——親愛的你明天要去社團嗎？

呃呃呃。

又放冷箭！

——明天要去，要討論下次的演出劇本。

好險，這樣應該不必一起放學回家吧。

——已經知道要演什麼了嗎？

問這幹嘛？

——上次拿到劇本了，是《腦髓地獄》。

——是喔！那部很有趣耶，電影跟小說我都看過，很有意思的故事。

我看著訊息，有些驚訝。

《腦髓地獄》是社團指導老師選的超困難項目，非常複雜的故事，選了其中三段作為演出主題，由於內容相當難以理解，因此這次的劇本是指導老師親自改寫，不是讓負責劇本的同學來主筆。至於我本人，雖然拿到了劇本也讀了兩次，但依舊搞不清楚這本書到底在說什麼。

——妳讀過？

——讀過，日本推理四大奇書，多有名啊。
——妳讀得懂？
——需要花滿多時間的，不過還算可以理解。
——而且，妳說這個故事有電影？
——有喔，日本有拍電影，不過很舊了，大概是我們父母那個年代的吧。
——那妳怎麼會看過？
——有種東西叫網路啊。如果是要演出《腦髓地獄》，那我很期待。不過，你該不會又是演男主角吧。
——我演「吳一郎」和「吳青秀」。
——呃呃真的演男主角。妳現在是有什麼不滿嗎？
——怎麼了？
——嗯……演瘋子對你來說應該比演張無忌容易一點吧。
我沉住氣，耐著性子回訊。
——妳對這兩個角色有什麼想法？

——咦，為什麼問我？

——想聽聽妳的意見。

妳不是對我的演技諸多不滿嗎？

好啊，那妳就說說看妳那了不起的意見嘛。

不管是白羅、周萍還是張無忌，我的演出妳全都不滿意，那這次演出吳一郎、吳青秀，妳就講講看妳的期許好了。我就不相信妳這顆包子能說出什麼有建設性的意見。

——如果你真的想聽，那有機會再跟你說。

——就明天吧。

——明天？

——反正大家社團都是五點半結束，我在上次那家文具店等妳。

——那好吧。

——明天見。

——等一下。

——？

——這時不是應該要甜言蜜語道晚安嗎？

靠北。

啊好險沒有直接 Key 出這兩個字。

我看著手機畫面，完全不知道該如何是好。

這顆包子比我想像中可怕很多，真的很恐怖。

——害羞的話，傳貼圖也可以喔。

……有差嗎？還不一樣都會讓我想斬了自己的手指！

但是……唉……

我已經沒得選擇了。

——貼圖：愛心愛心

——嗯還算有誠意，晚安囉。

——晚安。

這真是有史以來最不情願的「晚安」。

□

走進文具店前，我站在門口深呼吸了好一會兒。

這個是演出前必備的訓練，要平心靜氣，讓自己融入角色之中。

現在，我的角色是「一個喜歡包子的人」。

吸——吐——吸——吐——吸——吐——

嗯，要把現在視為一種演技訓練，畢竟以後出道，絕對會有很多機會要跟不喜歡的女明星演感情戲，目前正是練習的時候。正所謂生活就是磨練演技的最好場域，我要正面思考，我要樂觀進取，我要努力向上！

「——你在發什麼呆？」

「呃！」

不知何時，生煎包從我背後冒出來，似笑非笑地看著我。

我用指甲掐了一下自己的掌心，拋出笑容。

「今天社團怎麼樣？」

「上次你不是聊到程舒荷的書嗎？今天剛好在聊她。」

「喔？」我問道，「大家都喜歡嗎？」

「支持度不錯啊，幾乎沒有人不喜歡她。」

那她的版稅到底為什麼那麼低？低到天天買醉，這真是太神奇了。

「不過，」生煎包補充了一句，「大家都是借來看的，沒有什麼人買。」

「……」答案瞬間出現了。唉。

「你呢？我們親愛的討論劇本還順利嗎？」

她笑著往我身上捅刀，鼓鼓的臉頰左側浮現一點小酒渦。原來如此！我到今天才知道，原來酒渦是因為臉頰肉太多才形成的，啊，人體真是奧妙！

「老實說今天指導老師沒來，大家都說出真心話了——沒人想演什麼《腦髓地獄》。」

「為什麼？」她邊問邊走進文具店，往筆記本的位置走去。

我跟在她身後，答道，「因為大家都看不懂那個故事在幹嘛。」

「這次大家也都讀完原著了嗎？」

「妳說到重點了——完全沒有人讀得完那本書。」

「這樣作者大人會哭哭的。」她選了一本封面素雅的方眼筆記本，「我第一次看的時候，也花了很長很長的時間，愈看愈搞不清楚到底哪段是現實，哪段是實驗。」

「妳手上還有那部電影嗎？」我問。

她點點頭，像怕被發現似的小聲說道，「硬碟裡。」

「妳真覺得好看？」

「我很喜歡裡面用人偶戲演出『吳青秀』故事的橋段，整部電影的氛圍很棒，可是真的太老了，畫質很差。你想看嗎？」
我點點頭，「這是我該做的基本功課。」
生煎包忽然認真地看了我幾秒，勾起嘴角。
被她看得渾身不自在，我問，「怎麼了嗎？」
「沒什麼，」她輕笑，「沒什麼。」

後來結帳時，她買了方眼筆記本和非常貴的三角板組合。
我算是沒話找話，問她為什麼明明就有三十元一組的，卻選了一百八十元一套的三角板。她從紙袋裡拿出那套三角板給我看，兩塊三角板各有一側附有方便切割的鋼條，而且整塊板面都是 0.5X0.5 的方眼格，對齊畫線什麼的確實比一般的方便。
沒想到她是會注意到這種小細節的女孩子。
她用短短的手指勾起了紙袋提把，晃啊晃的。
不知為什麼，我覺得那畫面很有趣。
唉，一定是讀了瘋子小說，準備要演瘋子，自己也快變成瘋子了。

點完兩杯可樂，我和生煎包在麥當勞二樓找了個位置坐下。

她很努力想找不會被同校同學看到的角落，這點也很出乎我意料。

我本來以為，她應該會想拉著我到處炫耀，或者是迫不及待地把我介紹給她的姊妹淘們，享受虛榮感。畢竟，像生煎包這種等級的女孩子，能跟本大爺走在一起，已經足夠虛榮個一年半載了，更何況是「交往」。

不過她卻反其道而行。

其實我不是很懂——仔細想想，怕被同學看見的，應該是我才對吧？！

要是被大家知道本大爺跟顆包子告白，絕對會是成名後的黑歷史。

話說回來，哪個大明星沒有黑歷史，黑歷史也算是討論話題的一種吧。

嗯，我果然是個很適合演藝圈的人。

「……嗯……所以說，你想聽什麼？」

「聽什麼？」生煎包的問題讓我呆了一下。

她看著我，「你說社團活動完要見面，是想聽我說什麼？關於《腦髓地獄》的故事？」

「喔，那個啊。」忽然間我心念一轉，問道，「妳應該看過我演出對吧。」

「嗯，我朋友是你粉絲，會被她拉去看。」

妳還看得很勉強就是了？

我單刀直入，「妳覺得我演技怎麼樣？」

生煎包似乎沒想到我會這麼直接，遲疑了幾秒，「為什麼突然問我這個？」

我揚起笑，「在意女朋友對自己的評價，這不是很正常，很合理的嗎？」

生煎包顯然不相信我的話，「是嗎。」

「說說看吧。」

「不知道要從何說起，」生煎包吸了口可樂，說道，「不然，你問我答吧。」

不知道從何說起？

之前在大庭廣眾下批評本大爺的演技時，不是講得挺溜的嗎？

現在又不知道如何啟齒了？

算了，妳要我問，那我就來問。

「妳覺得《倚天屠龍記》裡的張無忌——我演得怎麼樣？」

生煎包瞧了我好一會兒，湊近我幾秒，又抽身坐回原位，「以長相來說無懈可擊。」

這不是廢話嗎？

我天天照鏡子啊小姐，我也知道我的臉就是天生男主角長相。

「我問的是演技。」

「……你別問我，我來問你：張無忌跟四個小妞的關係，你先說說看。」

「張無忌最愛趙敏，他也選擇了趙敏；周芷若跟他有童年情誼，也算喜歡，畢竟都願意娶她了；蛛兒是表妹，對他一片痴心；小昭貼身照顧張無忌，共患難。」我說。

「說得好。可是，你在演出的時候，對四個女生的口吻語調竟然一模一樣，你都不覺得哪裡怪怪的嗎？」生煎包淡淡說道，她又吸了一口可樂，「張無忌跟趙敏立場敵對，重重阻礙，愛情要夠強烈才能讓他們願意放棄一切。張無忌跟周芷若就不同了，兩人背景和方向一致，在一起可說門當戶對，中間不算有太大問題，情感的表現當然就不會和對待趙敏時一樣。」

我靜靜聽著生煎包的話，思考著。

思考的內容有點複雜。

一是她確實說中了我沒有想到的部分；二是訝異自己竟然沒生氣暴怒；三是再度修正了對於這顆生煎包裡有裝大腦這件事的評價——包子皮裡不但有裝大腦，而且顯然不算蠢。

「……怎麼了？」生煎包見我不說話，挑眉問道，「我太中肯了？」

我不得不承認，「某些部分是沒錯。」
「應該是全部吧。」她故意說。
「好，好，全部。」真是心不甘情不願。
生煎包露出勝利似的表情，相當滿意地咬著吸管，接著拿出手機，「雖然不很正式，不過這次是值得紀念的第一次約會吧？」
窩在麥當勞角落喝著可樂一副怕別人認出來的樣子，這樣叫「值得紀念的第一次約會」？這標準真是低得相當可憐啊。
我說道，「那妳的意思是？」
「拍張紀念照吧。」她勾起嘴角，「——敢嗎？」
不是問我願不願意，也不是直接撒嬌說要拍照，而是問我「敢不敢」。
這問法很值得玩味。
「我正想提議呢。」我微笑道，同時在桌下的手又掐了掐自己的掌心。
她略帶著警覺，看了看周圍，確定沒有其他穿著同校制服的學生後，舉起了相機，「靠近一點沒問題吧？親愛的。」
指甲掐得更深了。
我微笑，「那當然。」

於是，我懷抱著角逐金馬獎、奧斯卡外加坎城影展的心情，伸手搭上生煎包的肩。

掌心感到生煎包的肩微顫了一下，但她面無表情。

手機自拍倒數開始，螢幕上反映出我和她的臉。

「笑不出來？」她忽地綻出得意微笑，彷彿看透我，「倒數中呢。如果不想拍不必勉強喔。」

我這輩子最討厭被人看扁！

何況還是被一顆生煎包看扁！

——妳以為我會認輸嗎？

在倒數最後一秒的時候，我豁出去地往她的酒渦輕點了一下。

用我的唇。

然後——

我真心覺得麥當勞是個好地方。

就算生煎包發出了驚人的尖叫，其他客人也毫不在意，連看都沒看過來。

「——你、你——」

生煎包捂著臉頰，驚愕萬分地瞪著我。

情勢完全逆轉了吧！

我得意地笑道，「既然是交往關係，這麼做完全合情合理，不是嗎？」

「沒禮貌。」

事已至此，我乾脆更不要臉一點，上半身傾向她，「因為妳太可愛了。」

生煎包的臉登時變得扭曲。

——贏了！我在心裡呼喊著。贏了。

生煎包瞇起已經不大的眼，放下捂住臉的手，忽然揪住我的制服衣領，低聲說道，「何書培同學，你還要繼續玩下去是吧？」

穩住！

我不會在這個時刻認輸！

「妳怎麼說這是『玩』呢？這是『交往』才對。」

她鬆開了手，無喜無怒，「……你比我想像中還麻煩呢，親愛的。」

我調了調衣領和制服領帶，從腦海裡尋找出不知哪本小說裡出現過的對白：「喜歡一個人，就該喜歡他的全部，不論是好的，還是壞的。」

生煎包狡黠一笑，「這麼說來，你會接受我所有缺點，對吧？」

如今我已經完全猜透生煎包的打算，她想逼退我，想逼我說出對不起我在胡鬧之類的真心話，但是我已經把目前的情況當成對我演藝生涯的初階磨練，當成了有意識的「楚門秀」，所以，我不會讓她如願的。

要也是妳自動放棄、認輸，不是我。

「我們應該要互相接受，妳說是嗎。」

她拿起可樂，啜飲著，不發一語。

我乘勝追擊，「記得把剛剛的照片存進 APP 裡。」

她瞪著我幾秒，接著笑了開，「我會設成戀人 APP 的首頁。」

看著生煎包不認輸的笑容，忽然間我有種奇妙的心情。

覺得眼前這顆包子，似乎在某種程度上跟我有些相似。

都是死不認輸的個性。

老實說，我們其中一方如果願意低頭先說一句「我不玩了」「我開玩笑而已」，事情就不會變成這樣。結果我和她卻同時選擇了硬撐下去。

已經愈來愈無法想像事情會朝什麼方向發展。

不過，似乎還算有趣。

應該吧。

我看著生煎包扁著嘴準備把剛剛的合照設成戀人APP的首頁，她的表情有種說不出的趣味在，讓人不禁想再多欺負一下。

「欸欸，不是可以畫個愛心或者加貼圖什麼的嗎？」我故意說道。

生煎包果然不認輸，甜笑回我，「是啊，我『正要』加上去呢。」

不一會兒，我的手機也跳出了通知：申茉莉更改了主畫面

我滑開手機，果然APP首頁變成我和她的合照，而且清楚地拍到了我吻上她臉頰的一瞬。照片裡生煎包的表情超驚恐，掩飾不住。

我忽然有種自己演技更進一步的感覺，那是一種「升級」FEEL。

老實說這感覺還滿不錯的。

第七章・小茉

坐在離家很近的超迷你公園裡，我聽著音樂。

迷你公園裡設有蹺蹺板、沙坑、單槓和顏色鮮豔且難看的攀爬架，帶著幼兒的媽媽們幾乎都回去了，天色已晚，樹木修剪得相當沒有美感的公園裡安安靜靜的，只有兩位滿頭銀髮的老人家在入口處閒聊。

夜晚靜靜等著電話響起　時間躺在他去年寄來的信
空蕩的房間我播放著舞曲　旋轉這一秒的孤寂
還有多少回憶　藏著多少秘密
在你心裡我也許是你輕快的遊戲
還有多少回憶　藏著多少秘密
在你心裡我也許只是你緩慢的練習

——〈小步舞曲〉・陳綺貞・詞・曲／陳綺貞

歌是從 YouTube 播放清單裡看到的。

「銀河歐芮爾」昨晚更新了播放清單。
那清單是以前他替我挑的歌。
有時候覺得這種更新提醒很討厭。
即使清單更新了又怎麼樣。
即使我聽了新加入的歌又怎麼樣。
我再也不會在半夜裡打給他聊音樂。
他也不會再在半夜裡等我的電話。

還有多少回憶　藏著多少秘密
在你心裡我也許只是你緩慢的練習

歌曲播完，我從長椅起身，摘下耳機，和手機一起塞回書包裡，準備回家。天空透著櫻桃般的顏色，已經隱約看得見月亮的影子了，傍晚的風轉涼，走出公園可以聞到已經有人家正在準備晚飯，飯菜的香氣緩緩自室內逸出。
走到巷口時，手機突然響起了訊息提示。
——明天早上一起上學。文具店前見。

不是問句而是肯定句。

何書培的耐力比我想像中還要持久。

剎那間我想起在麥當勞時他的「沒禮貌行為」——

這樣不行，我竟然有點臉紅心跳。

怎麼可以這樣，這人真是太犯規了。

生氣。而且也太突然了。

怎麼可以這樣……大庭廣眾的……竟然對一個根本不喜歡的女孩子這麼做！

這傢伙總是這樣隨便對女孩子下手嗎？

難道說我對他的評估不夠正確，他比我想像中更不要臉不要命？

重點是，重點是，那可是我的——

啊不對，只是臉頰而已，這麼說來我的初吻還是很安全的。

想到這裡，我鬆了口氣。

話說回來，目前依舊不知道他的動機和目的是什麼，本來希望三天內解決的，現在看來有點危險。

總之，何書培是個壞傢伙。

真的是壞傢伙，哼。

不過……

我無意識地伸手輕觸了一下自己的臉頰——

那僅只半秒鐘的柔軟觸感彷彿還沒有完全消褪。

我覺得自己現在一定臉紅了。

雖然只是臉頰，蜻蜓點水似的，可是我卻覺得心裡的某個部分正如被蜻蜓輕滑而過的水面，以某種難以想像的狀態緩緩地勾起漣漪。

微妙而柔和的，帶著一點點秘密的期待，也同時充滿不安。

如果要用顏色來形容，那應該是帶著淡淡霧紫色的漣漪，一圈圈地，無聲無息地從那個莫名其妙的輕吻開始擴散。

忽然間可以理解為什麼很多少女漫畫的邂逅都是從意外的吻開始，雖然不明白只是一個輕吻（而且並不是落在唇上）會有這麼大的影響，可是它確實讓何書培在我心裡突然佔下了一個微妙的位置。

第一個說出喜歡我的人，第一個偷吻我的人，第一個跟我交往（？）的人。

一想到這背後全是賭氣造成的結果，就感到氣餒，但他，確實是第一個。

我滑開手機看著戀人APP裡的照片，不得不承認自己在瞬間閃過了一絲無比幼稚可笑的念頭——說不定何書培真有一丁點喜歡我——

很傻吧。

算了，不是很傻，是超、級、傻。

別抱著微小的希望，就不會給何書培傷害我的力量。

□

睡前，抱著上次借來還沒看完的小說窩在床上，把枕頭疊成適合看書的角度，正準備翻開書本時，戀人APP響起了通知。

何書培傳來了一句在現實生活中一點都不實在的話。

——要在夢裡相見喔，晚安。

呃！

還夢裡相見……

這句話，讓那薄霧紫色的漣漪再度開始往外擴散。

我放下小說，抱著枕頭。

夜風從半開的窗戶吹進，已經開始帶著幾分寒意了。

果然我也只不過是個無知少女吧，還是很容易動搖的。

想到這裡，一點看書的心情都沒有了，只覺得自己很好笑。

而且好騙。

何書培只是在玩遊戲好嗎，申茉莉妳當真就輸了。

何書培只是在玩遊戲好嗎，申茉莉妳當真就輸了。

何書培只是在玩遊戲好嗎，申茉莉妳當真就輸了。

這句話雖然不停在腦海裡重複，可是……愈重複，愈是讓何書培這三個字，這個人，留下更深的印象。

應該要無視的，卻沒有想像中容易。

□

「早安！」

一踏出巷口，就被徐嘉聲嚇了一跳。

「班、班長？」你怎麼會在這兒？

「早安啊。」徐嘉聲有點不好意思地抓抓頭，又重複了一次。

「……早安。」我看看周圍，問道，「你怎麼會來這附近？」

「喔……路過。」

班長你也稍微用點腦想個好一點的說詞吧，又不是國中生大家都住同個學區，你怎麼可能路過這附近。更何況如果你也住這附近，這兩年同班的時間怎麼可能一次都沒見過你？

「路過？」

「路過。」徐嘉聲很堅持。

「喔，那好，我上學去了，學校見啊。」

「欸欸等一下。」徐嘉聲叫住我，俊俏的臉蛋紅撲撲的，「一起走吧。」

「那個，班長，我沒有錢。」我指著身後的老公寓，「你看我家住這種屋齡四十年沒電梯的老公寓頂樓，真的很窮，唯一的錢都給我繳學費去了，我零用錢少得可憐，沒有多餘的錢可以借給你。」

嗯我說謊了，雖然我們家是老公寓，不過整棟都是爺爺的，其實家境還好。

不過，這個時候還是啟動自我防衛機制比較安全。

「我不是要借錢。」徐嘉聲苦笑。

雖然很想說錢之外都好商量，不過我還是忍住了。「那你是要？」

「沒什麼啦，真的。真的只是路過。」

「……了解。」

既然你這麼堅持，那你就慢慢路過吧。

「一起走吧。」徐嘉聲不由分說，自動地邁開腳步。

「喔……好。」

我們班長是不是也被籃球打到頭了？這個人怪怪的。這麼說起來，徐嘉聲跟壞傢伙何書培是國中同學，該不會那間國中專產帥氣型的怪咖吧？

我不禁瞄了徐嘉聲一眼，除了髮型之外，他各方面都有點像《灌籃高手》裡的仙道，雖然人氣不如何書培，不過也是能讓女生們眼冒愛心的等級。不得不說，這傢伙能連任班長這麼多次，應該有九成都是靠形象分吧。

「……對了，何書培找妳都聊什麼？」過了紅綠燈，聊完英文作業後，徐嘉聲忽然把話題切到何書培身上。

這我怎能說實話呢？

我只好打哈哈，「他跟我聊下次演出的事，他們戲劇社下次的演出作品是小說改編，我剛好看過那本書，就聊了一下那個故事。」

「妳好像很喜歡看書。常常看妳去圖書館。」

「你怎麼會看到我去圖書館？」

徐嘉聲微笑道，「妳每次去圖書館，都會抱著一疊書經過籃球場。」

「班長好眼力。」

嗯其實我從來沒注意自己每次去借書還書都經過了哪些地方；更何況打籃球不看球，你看路人幹嘛。

徐嘉聲有些不好意思地笑了笑，「妳等一下會去轉角那家早餐店買早餐吧？」

「啊，今天應該不會，得去文具店一下。」我說道。

「去買文具？哈，我好像問了蠢問題。」

「噗。」

不過，徐嘉聲該不會打算一起走到文具店吧？我可不想讓他看到我跟何書培約在文具店，這樣就算跳進黃河也洗不清了。只是，我也不能就這樣莫名其妙地請他先走，那只是強調了此地無銀三百兩。

正當我思考著這些時，不知不覺已經來到該轉進文具店的十字路口，我猶豫了一下，決定以比較自然的口吻開口。

然而就在我說話前，何書培的身影已經同時映入我和徐嘉聲眼前。何書培看看我又看看徐嘉聲，輕皺著眉，走了過來。

「怎麼沒接電話？剛剛打了兩通。」何書培一定是故意的，用某種宣示主權般的口吻說道。

「走在路上本來就會常常沒聽到。」我嘟囔道。

「你們住附近？」何書培轉頭看向徐嘉聲。

徐嘉聲有點尷尬，同時也對於何書培跟我的互動有些訝異，他想了幾秒才回答，「剛好路過，碰到小茉，就一起走了。」

何書培扯扯嘴角，向我示意，「走吧。」

這時只能希望我們班長是個不八卦也不好奇的人了。

「那，班長待會兒學校見囉。」我向徐嘉聲揮揮手。

徐嘉聲訝然，「你們約好？」

何書培似笑非笑，「昨天說好今天要一起去學校。」

徐嘉聲不相信似地轉頭看我，我只好勉為其難點點頭。

何書培你也太詭異，我們之間的事多一個人知道會比較好嗎？你幹嘛自我爆料？大哥你可以不要面子，但是我還想好好做人。

這時我只能在內心默默祈求班長不要打破砂鍋問到底。

「可是，小茉妳和何書培，怎麼會約好一起上學？」

結果上帝再度無視我的真誠，徐嘉聲果然追問了。

何書培注視著我，欣賞著我僵硬的表情，自顧自地回答了徐嘉聲的問題：

「因為，我們正在交往中。」

嗯，何書培，我恨你。

□

「你幹嘛跟徐嘉聲講啊？」我沒好氣地瞪著何書培。

何書培冷冷反問，「為什麼不能講？」

「你明知故問嗎？」

又不是真的在一起，過幾天搞清楚你動機之後就要說再見的關係，讓別人知道只會添亂，這還要我解釋？

「我就是不知道才問的。」何書培慢條斯理地說道，「不過無所謂，反正以後一起上下學，大家早晚會發現的。」

我雙手抱胸，「為什麼要這樣？」

「因為是男女朋友。」

「就算是男女朋友，這種事也不是你一個人說了算的。你說要一起就一起？哪有這種事。」

何書培凝視著我，「妳對徐嘉聲有好感嗎？」

「……才沒有。」

「那就好。」何書培勾著嘴角，「不是說要好好交往嗎？我今天就會去正式回絕池田陽菜，以表示對妳的忠誠。妳是不是也應該表現給我看呢？」

哇塞，你現在來真的？

我冷冷回應，「那你要我怎麼表現？」

「很簡單，去跟妳班上的隨便三個女生說，我們在交往，這樣就可以了。」

笑死了，萬一講完之後你翻臉不認帳，大家不都以為我是花痴了？八成會以為我是那種整天幻想跟偶像談戀愛，自以為是偶像女朋友的怪人。

「我不要。」我換上甜笑，「你希望宣示主權的話，那可以，你就向大家宣佈吧，等你宣佈了，我們班上的同學不分男女全部都會知道，這樣不就好了？」

我承認這完全就是「梭哈」了。

不管最後結果如何，只要何書培真的公告天下，那我這輩子都擺脫不了「曾經跟何書培交往過」這個恐怖的紀錄。更何況，等到分手時，就算我在全校面前賞他兩巴掌主動提分手，大家也不會相信的，只會覺得是我被甩掉。

可惡，我怎麼一時大意，現在才想到這件事——

「——好啊。」何書培邪邪笑著，「既然是女朋友的要求，我一定照辦。」

「等、等一下，」我吸了口氣，「還是算了。」

「喔?算了?妳不怕天天有人來跟妳男朋友告白?」

「大家要是這麼『有眼光』那我也認了。」我諷刺地說道。

更何況現在明目張膽橫刀奪愛的女生只多不少，就算何書培身上掛著名草有主的牌子，還是會有女生敢下手的。

「那萬一有人對妳下手呢?」

那我會馬上握住對方的手說**好的謝謝你我們私奔吧**。

「如果有人對我下手，你就好好展現你的魅力，讓我不要變心啊。」

這不是常識嗎?

再不然如果你要把我打包送人,我也是不反對啦。

何書培習慣性地用彎起的食指關節輕觸一下鼻尖,打量著我。

「妳真的跟徐嘉聲沒什麼?」

「前陣子我被他的球打到,他送我回家。在那之前同班兩年講的話沒超過一百句,而且其中還有一半以上都是什麼早安再見改考卷之類的。」

雖然覺得沒必要,但還是解釋了一下,畢竟,我可不希望事情愈來愈複雜,現在已經夠可怕的了。

何書培低頭看著我,點點頭,「我知道了。」

你到底是知道了什麼?

請不要隨便腦補喔。

這時何書培忽地往前一步,那張天生用來招惹女生的臉龐驀地靠近。

「你、你要幹嘛?」我後退一步。

「再不走,就要遲到了。」他冷冷說完後加了個邪邪的笑。

「——不要仗著身高夠,就這樣居高臨下看人。」

「這種身高,要是玩壁咚也很有優勢的喔。想試試嗎?」何書培之前的糾結不知從何時已經完全消失，徹底變身成花花公子。
我瞇起眼，「你是人格分裂了嗎？」
何書培似乎理解我的意思，他痞痞地笑著，再度碰了下高挺的鼻尖，淡淡答道，「我只是決定好好的、認真的，跟妳談戀愛而已。」
什麼爛決定。
「真的要遲到了。」何書培略帶挑釁地說，「還是要一起手牽手用跑的進校門，我都可以喔。」
「走開啦你。」我快速邁步前進。
「放學後一樣在文具店見。」何書培一跨步就趕上我。
「要幹嘛？」
何書培沒正面回答，「不然，我去妳班上接妳。」
你現在是威脅我！
「……文具店就文具店。」
啊啊，為什麼局勢轉變了？
為什麼現在換何書培居於上風？
到底為什麼？

□

整堂國文課我都昏昏欲睡。

相見時難別亦難，東風無力百花殘，

蠢蠶，不對，是春蠶，到死絲方盡，

蠟炬成灰淚始乾……

已經是一首軟綿綿的無題詩了，再加上國文老師那文弱又抑鬱的聲音，配上入冬後愈來愈好睡的天氣，我都快在夢裡跟李商隱喝茶了。

雖然在課本上乖乖寫下了補充注釋，但是我一點都沒進入這首名詩的意境中。詩裡描寫的情意深長，可是現在的我實在完全不懂也不理解，到底是怎樣的心情才能作出這種好詩。

如果李商隱是為了某個人而寫，那麼，他應該對那個人滿懷思念吧。

我托著腮，為了讓自己不要睡著，決定開始想像李商隱的愛情故事。

首先，李商隱應該要長得不錯（廢話），一表人才，看他的詩，覺得他應該是斯文型的，服裝品味 OK（?），說話不疾不徐，對女生很有禮貌，總之，絕對跟何書培不一樣。

不對，沒事想到何書培幹嘛？

重點是李商隱啊。

好吧，重新來過。剛剛想到哪裡？對了，應該是對女生很有禮貌的類型

……然後……看他的詩，應該是溫柔派的，飽讀詩書。說不定有點多愁善感呢。

如果李商隱活在現代，應該就是戴著黑框眼鏡，身材偏瘦的學院風帥哥吧。

穿著兩件式的長袖襯衫和針織外套，也許會搭個九分褲和綁帶尖頭皮鞋，

大錶面的皮帶腕錶，鏈帶款不行……

等一下，這造型為什麼覺得有點似曾相識？

這不幾乎就是何書培在雜誌上的造型嗎？

「……什麼鬼啊。」我不禁自言自語，同時還用筆敲了一下課本。

「申茉莉！」國文老師忽然喊了聲我的名字，「上課專心。」

「啊，是。」

教國文的曾老師身材很嬌小，大約三十出頭，不過有張還算清秀的娃娃臉，常被人誤以為才二十多歲，文文靜靜的，聲音不大，上課都掛著麥克風，總是給人很纖細的感覺。

曾老師又補了一句：「妳剛剛是不是在自言自語？」

這下好了，全班都轉頭看我。

我呆了一下，「……沒、沒有。」

「妳站起來，大聲讀一次這首〈無題〉，讀完再坐下。」曾老師有點不高興。

唉，真是……

偶爾自言自語一下又不會怎樣……

我把椅子往後稍退，站起來，捧起課本。

相見時難別亦難，東風無力百花殘。

春蠶到死絲方盡，蠟炬成灰淚始乾。

曉鏡但愁雲鬢改，夜吟應覺——

還沒讀完，下課鐘聲就已響起，大家紛紛闔上課本準備逃離教室，但曾老師開口，「等她讀完才能下課。」

「……」為了不被全班怨恨，我馬上加速，「——**夜吟應覺月光寒。蓬萊此去無多路，青鳥殷勤為探看。**」

等我唸完坐下，老師才不太甘願地講了聲下課。

我放下課本，聽著大家拉開座椅的聲音和談話聲，覺得有點累，懶洋洋的。

這時，徐嘉聲和小柔同時走到我的座位旁，小柔推了我肩膀一下，「妳沒事吧？」

「沒事啊。」

「小茉，我們可以聊一下嗎？」徐嘉聲臉色不太好看，他比了比教室外。

我還沒回答，小柔就先問，「班長你找小茉幹嘛？」

我連忙跟徐嘉聲比手勢使眼色，拜託他什麼都別講，好險他這次反應快，沒說什麼，只簡單答道，「有點事要問小茉。」

我從椅上起身，迅速地往外走，「那我們去走廊說。」

「欸欸……」小柔露出了被我扔下的可憐表情，我覺得很對不起。

可是……

唉，何書培的事如果短時間不能解決，看來還是早點跟小柔解釋比較好。

很多事拖得久了，就會錯過解釋的時機。

來到走廊盡頭，可以從轉角同時看向光復樓和至善樓，徐嘉聲走在我前面，他選了個角落站定，回身，用某種難以形容的表情看向我。

「是真的嗎？小茉妳跟何書培在一起？」

我考慮了一下，說道，「如果你能保證不告訴別人，我可以好好說明。但如果你只是想要一個結論型的答案，那就是『對，目前在一起』。」

徐嘉聲沉著臉，不解，「在一起就是在一起，為什麼要好好說明？」

「因為那是有原因的，而這原因有點複雜。」我說道，「不然，如果你覺得在一起就是在一起，那你已經知道結果了，還需要跟我聊什麼？」

徐嘉聲考慮了一會兒，說道，「我本來就不會把妳的事跟別人說。」

「這麼說，那我可以好好說明了？」

「當然可以。」

我看著徐嘉聲，覺得自己應該可以相信他。「我之前找何書培拍影片，後來遇過他幾次，我覺得他願意幫我拍影片還滿奇怪的，特別是你之前也說過他的個性，對不漂亮的女生並不好——」

「我不是說妳不漂亮——」徐嘉聲連忙解釋。

「好了好了，這個不用爭論了，」我已經認命了OK？「反正我後來有一次就問何書培，為什麼願意跟我拍影片，他竟然回答說因為喜歡我。」

徐嘉聲聞言，神情更怪異了。

我續道，「總之我當然不相信啦，我也是有點自知之明的。當然有人這樣跟我說，我還是多少小虛榮了一下下……算了這不是重點。反正，我覺得何書培的話完全是在開玩笑，而且我無法理解他跟我開這種玩笑要幹嘛，問了幾次，他還是堅持這種毫無可信度的說法。然後呢，我真的火大了，就賭氣跟他說，那不然既然你真的喜歡我，就交往啊。

「我想說，這樣逼他，他總是會認輸，說清楚他只是在開玩笑或者有什麼目的了……可惜，何書培大概跟我一樣好勝，他還是很堅持不講清楚，於是就變成了兩個人互不相讓的結果。大致上，就是如此。」

在說明的過程中，我再三告訴自己何書培只是在惡作劇。

不過，我並不知道為何會不自覺地重複提醒自己。

「……」徐嘉聲不知有沒有聽懂，他過了很久才開口，「所以，小茉妳不喜歡何書培？」

「都說是賭氣了，當然不喜歡。」絕對，不喜歡。

「他也不喜歡妳？」

「你知道我跟他說要交往時，他的表情有多可怕嗎？想也知道不可能。」

怎麼說著說著突然覺得自己很淒涼？

「那到底為什麼？」

「我也想知道啊。為什麼他會說喜歡我，我不懂，真的是完全不懂。」

徐嘉聲沉默地盯著我，不發一語。

我說道，「欸班長，做人要有信用，我是信得過你，才把所有事都告訴你。連小柔我都沒講。」

徐嘉聲皺眉，「為什麼反而沒跟蔡品柔說？妳們不是死黨嗎？」

「她是何書培的超死忠粉絲，現在這種狀況，我不知道該怎麼說，也不知道她會不會很難過。」我說，「本來想說何書培會很快放棄，我也能很快就知道他這麼做的理由和動機，事情解決之後就可以跟小柔坦白，可是何書培好像打算跟我鬥到底，我現在也很猶豫要不要早點跟小柔說了。」

徐嘉聲點點頭，「……何書培這個人……確實很怪。」

「現在變成所有事都很怪。」我轉身，靠著欄杆，嘆了口氣，「不知道他究竟想做什麼。」

「有件事我想再確認一下。」

「什麼事？」

「小茉妳真的不喜歡何書培？」

「如果我喜歡他，就不用這麼苦惱了，對吧？如果我真的喜歡他，就算他只是假裝要和我交往，我也會巴住這個機會死不放手的，不是嗎？」

當然，何書培的外貌確實是我的菜，我跟所有女生一樣都覺得他很可口（誤），然而人並不是只靠臉就能活下去、或者建立良好關係的。

徐嘉聲似乎同意了我的說法，「……我相信妳。」

「不過，你找我出來聊，是要問這些嗎？」

還是說其實我完全搞錯方向，你其實只是想來八卦一下，結果我不小心就自我爆料了？！

「我是想要跟妳說，其實我——」

上課鐘聲蓋過了徐嘉聲的話，而且剛好有一票男生嘰哩呱啦地從我們身邊走過。

「啊？你剛剛說什麼？」

「我說，其實我……」徐嘉聲不知為何露出了放棄的神情，苦笑道，「算了，現在不是說這個的時候。」

「確實不是，現在是上課的時候了。」我笑了笑。

不知為什麼，把心裡的事全部說出來，有種舒暢輕鬆感。呼，看來我不是那種很會忍耐、隱藏情緒的人。

「——還不進教室，在這裡做什麼？」把課本夾在腋下，手插在口袋裡的痞子班導從我和徐嘉聲身旁出現，沉著臉，「比我晚進教室的人要罰站，都忘了？」

「老師好！」徐嘉聲趕緊點個頭，看向我。

我只好跟徐嘉聲一起邁步跑回教室。

「申茉莉！」班導叫住我，但徐嘉聲卻也停下腳步，班導冷道，「不是受過傷？別用跑的。」

「喔。」我應了一聲。

然後徐嘉聲便一個人先衝回班上了。

好嘛，不用跑的，那我用爬的好了，慢慢爬行了吧？

班導面無表情，還是那副冷然痞樣，就這樣跟我擦肩而過。

「呃——」看著他的背影，我不自覺發出了聲音。

其實有點後悔。

他果然停下腳步。

「怎？」

「……我聽了。」

他沒回頭，「嗯。」

然後我還是決定跑回班上。

雖然跑得很沒意義，畢竟也不過兩三間教室的距離，但我還是跑開了。

總之我知道，跑開，是對的。

奇妙的是，在跑開的瞬間，何書培的臉，竟然就這麼無預警地躍進我腦海裡，之後也馬上消失，一晃而過的時間比流星還短。

第八章．書培

我看著戀人APP，思考著。

不過，到底在思考什麼，其實一片模糊。

目前看來，局勢已經完全站在我這邊。

看得出來那顆包子對於現在的態勢很困擾，而且也不想讓同學知道。

被大家知道的話，丟臉的可是我，真不明白她在怕什麼。

戀人APP的首頁，是那張在麥當勞的合照，每次看到她無比驚恐的表情，就覺得很歡樂，還有點促進食慾的效果，算是意外收穫吧。

但是，目前和最初最初想達到的目標：「破壞生煎包的少女初戀」，好像距離愈來愈遙遠了。或者也可以說，其實，對於她所給予我的演技評價，忽然理解了一點點。平心而論，她並不是基於惡意，指摘之處，勉強有些道理（對，是勉強）；既然如此，似乎並沒有非惡整她不可的必要……

「欸，偶像先生，外找。」陳望峰一邊喝著礦泉水，一邊走向我，臉色不太好。

光。

「我是演技派，跟那種靠臉騙女孩子的偶像派不一樣，OK？」

陳望峰沒多說，只是聳聳肩，比了下後門，「是池田。」

「喔。謝啦。」我從座位起身，充分感受到了班上所有人等著看好戲的目光。

走出教室後門，宛如從二次元裡走出來的可愛女生忸怩羞澀地低著頭。

我走向池田，說了聲嗨。

「那個……」果然是台日混血，連開場白都充滿了日本味，她的聲音細若蚊鳴，「上次……我……我還沒有……聽到你的答覆……」

「喔，我正想說什麼時候跟妳講比較好呢。」

平日裡走廊上人來人往也就算了，此刻的走廊不但人多，而且大家都還故意不走動，待在原地，想要看好戲。在這個情況下拒絕池田，她恐怕會很沒面子。

我想了想，「妳現在就要聽答覆嗎？這裡人很多，沒關係嗎？」

池田果然以非常二次元的動作大力地搖頭後，雙手在胸口交疊，用水亮大眼望著我，「沒關係的，我想現在就知道結果。」

「那麼，」我在內心嘆了口氣，不是覺得可惜，只覺得有點淡淡的無奈，「很抱歉，我有交往對象了。」

「什麼？！」

結果發出驚嘆聲的不是池田陽菜本人，而是躲（好吧其實是光明正大）在一旁的其他好事者。

池田陽菜的眼眶在一秒內凝結淚水，充滿戲劇性地後退一步，「……原來是這樣……我太天真了……對不起……」

「別這麼說，謝謝妳的心意，真的謝謝。」

池田陽菜低下頭，我忍住叫大家滾開的衝動，默默站在原地。

她再度抬起頭，望著我，淚光閃閃，「……可以告訴我，你交往的對象，是怎樣的人嗎？」

一顆肉包。

我猶豫了一下，其實不懂她為何好奇。「……很一般的女孩子。」

「是嗎……」池田陽菜似乎不能接受這個說法，不過也沒有反駁，她用手背拭去眼淚，說道，「不管怎麼樣，我都想告訴你，我很喜歡你的演出，今後也會繼續支持。你演的張無忌真的好帥，雖然我不知道張無忌是誰，可是真的非常非常帥。」

「嗯，謝謝妳。」我沒辦法說出什麼安慰的話，畢竟怎麼安慰都不對。

「……我要回教室了，再見。」池田陽菜垂下頭，沒等我說再見就跑向樓梯。

直到這裡，走廊上彷彿在玩一二三木頭人的所有同學，才再度開始走動聊天，做他們本來正要做的事。

我回到教室裡，心情說不上好或壞，只覺得了結了一件事。不過陳望峰顯然不這麼想，他把礦泉水瓶重重放在我桌上，直截了當地開口：

「我聽到了，你說你有交往對象。」

「嗯。」

「你是在騙人吧？你哪來的交往對象？像你這樣的全校萬人迷有交往對象，大家會不知道？少唬爛了。」

「這兩天才開始交往的，當然沒什麼人知道。」

陳望峰不滿地瞪著我，「最好是！前兩天啊不就是池田跟你告白的時候，你那時哪有什麼交往對象？！」

「我沒有騙你的必要，總之就是那麼剛好。」我看著陳望峰，他大概是不忍心自己心目中的女神被打槍，一臉惱怒。我說道，「社長大人，上次你問我的時候我就有講過了，我對池田真的沒有感覺。再說，如果你喜歡她，你可以去追她。」

陳望峰氣鼓鼓的，大力擺了擺手，「算了算了你不懂啦。」

「我是不懂，不過，我既然對池田同學沒感覺，當然就只能拒絕了，不然她一直在等答覆，心情七上八下，更不好。」我平心靜氣地說道。

陳望峰聽了我的話，臉色稍緩，「……是沒錯啦。但是，我實在不知道你怎麼會不選我們陽菜，反而選別人。」

這個嘛，實在不是三言兩語能解釋的。

我無奈笑笑，「反正就是這麼一回事吧。」

陳望峰若有所思，「不知道我們陽菜會不會難過很久。」

「你可以去關心她。」

陳望峰瞬間臉紅，「幹，才不要。」語畢，拿著礦泉水瓶轉身離去。

陳望峰前腳剛走，班上的女生後腳就來。

「……何、何書培。」

三個女生一起擠了過來，站在最前面的是于襄宜，她身後的梁安若、周承伊都曾經送過情書和巧克力給我。

「三位小姐有事找我？」雖然想也知道她們要幹嘛，不過我還是保持風度，微笑以對。

「你剛剛跟池田陽菜說，你有女朋友了——這是真的嗎？」于襄宜皺著眉，小心翼翼地問道。

我點點頭，「是真的。」

梁安若和周承伊對望一眼，扁著嘴沒說話。

我看到周承伊推了于襄宜一下。

于襄宜又問道，「那你女朋友，是我們學校的嗎？」

我沒多想，點頭，「對。」

這次換三個女生交錯對望了。

我主動說道，「反正是個很一般的女生，大家就不用那麼好奇了。」

「可、可是……」梁安若抓著于襄宜的袖子，有些畏縮，「很、很一般的女生，那為什麼不選……池田陽菜？」

「這就不方便說了。」我稍稍板起臉。

于襄宜她們多少覺得自討沒趣，不得不放棄，慢慢退開。

□

走進文具店的時候，生煎包已經在書報區了。

這家小文具店也有賣參考書和一些小說，但是並不多。

她戴著看起來很平價的耳機，正在聽音樂。

我走到她背後，本想伸手拍她，但是她的手機似乎響起，忽然伸手按了下線控耳機，開始通話。

因為在店裡的緣故，她講得很小聲，沒注意到我就站在角落。

……什麼事？

嗯。

沒有。

我很好，你上次已經問過了。

……我知道，上次上線時大家有問，但我不會去。

……嗯。

那首歌……

沒什麼……

……再見。

通話時間不長，聲音細微，生煎包從頭到尾都垂著頭，看不清楚她的神情。她由始至終都沒有稱呼過對方。

生煎包忽然決定拿下耳機，這時，隨著收拾耳機的動作，她才注意到我。

「哇！」她嚇了一跳，「你什麼時候出現的？」

我故意說道，「出現很久了。」

她隨即皺眉，充滿警戒，「很久？」

「久到這通電話我一字不漏。」

生煎包半信半疑，同時眼神裡夾雜著一些莫名的情緒。

不知道為什麼，此刻的她跟之前劍拔弩張或者伶牙俐齒的生煎包完全不同，有點像是處於無力防衛但又不知如何是好的小動物。

「電話是誰打的？」不知為何我脫口而出。

生煎包明顯遲疑了幾秒，才說，「當然是認識的人。」

「妳這不是沒回答嗎？」

她突然向我伸出短短的手，掌心朝上，「你讓我檢查通話紀錄，我就告訴你。」

我從外套口袋裡拿出手機，滑了開，交到她手上，「請儘管看。」

「該不會來之前就先刪了可疑電話吧？」生煎包看也沒看，直接把手機塞還給我，語氣有點冷，「我對檢查手機這種事沒有興趣。」

「這時候就裝大方了？剛剛不是還很想看嗎？」

「打電話來的是……玩魔獸時認識的網友，」她斂下眼，「我說我不會去網聚。」

「對方約妳去？」由此可知，那傢伙不管是男是女，總之一定沒看過妳本人。

「他只是告訴我他不會去，所以我想去可以去。」

我不是很懂，「那個人不會去，所以妳想去的話，可以去？」

她抬起頭，雙手插在制服外套口袋裡，「我很守信用吧，你讓我看手機，我就跟你說了。」

擺明是不讓我追問的態度。

生煎包把手上的書放回架上，「……現在要幹嘛？」

我一時想不到，沒話找話，「妳不買？」

「最近錢花太兇了，下次吧。」

她放回架上的是一本似曾相識的推理小說。

我想起第一個交往的女孩子，曾經想要我送的粉紅色玩偶。

於是我伸手抽出那本《死了七次的男人》，往櫃檯走去。

「欸，你要幹嘛？」

「買給妳。」

「幹嘛買給我？」

「明知故問。」

其實我也不知道為什麼，只好這樣回答。

想想覺得自己不知道在衝動什麼，又不是真的喜歡這顆包子，竟然還買東西給她，而且，小說什麼時候變得這麼貴了？看來得把老姊堆在家裡的公關書拿出來賣一賣變現才對，搞不好又是一筆零用錢。

結完帳之後，我把裝在紙袋裡的小說遞給生煎包，但她沒有伸手接過。

「真的要給我？」

「對。」奇怪了妳是從小被騙大嗎？

她不解地偏著頭，又是那種只適合少女偶像的姿勢。

「我的手會痠。」我說。

生煎包這才伸手接過，「謝謝。」

明明就是在她面前結的帳，但她卻輕輕打開紙袋，像是要確認內容物似地往紙袋裡快速瞄了一眼。那瞬間她閃過一絲笑容，輕輕的，帶著幾絲不確定的淺笑。

不知為何我有點得意。

生煎包重新把紙袋摺好，抱著它，「不好意思讓你破費。」

「我不是有錢少爺，不會常常破費的。」我聳聳肩。

「為了感謝你，我會好好分析《腦髓地獄》裡的角色給你聽的。」生煎包露出堅定的表情。

「不用了，不是為了交換什麼才買給妳。」

這是實話，因為我完全不知道自己幹嘛因為一時衝動就這樣買了一本超過三百元的小說，給一個根本不喜歡的女孩子。

生煎包微笑，心情似乎變好了一些。

「你不用客氣喔。」

「我沒有客氣。」我說道，「——這次可能會換劇目。」

「為什麼？」

「因為——」

我話沒講完，就被櫃檯後的歐巴桑不耐煩地打斷。

「欸少年仔欲開港企外靠港啦，麥置這鎮地（年輕人要聊天去外面聊啦，不要在這裡妨礙我們）。」

生煎包尷尬地說了句不好意思，率先走出文具店。

我很想瞪歐巴桑一眼，但還是算了。

再怎麼說，以後要是被媒體發現我是奧客，對自己的形象一點好處也沒有，還是忍一忍吧，這一切都是為了我的前途啊。

離開文具店後，我跟生煎包在附近走了一會兒。

雖然之前我在某個時刻下定決心要利用這個機會好好鍛鍊自己的演技，不過到底要怎樣才能演出一個讓人心動、很會談戀愛的角色，並沒有什麼頭緒。

我只好努力回想之前看過的所有愛情小說，這時忽然衷心感謝老姊總是強迫我要當第一個讀者，讓我不想記得都很難。

「欸。」生煎包突然停下腳步，看向我，「聽說，你拒絕了池田陽菜。」

好機會！

我馬上展露溫柔的笑，「是啊，我可是有女朋友的人呢。」

生煎包沒理會我熱情的演技，問道，「你是真的不喜歡她，還是因為現在跟我交往中，所以被迫拒絕她？」

「妳覺得呢？」

「我覺得如果是前者無所謂，不過，」生煎包加重了語氣，「如果是後者，那你就很過分。」

「過分？」

生煎包淡淡地說，「別拿這種事開玩笑。」

「這句話別人說無所謂，可是由妳講出口還滿諷刺的。」我忍不住說道。

妳不就正拿戀愛來跟我開玩笑嗎？

妳不就正拿交往來跟我開玩笑嗎？

「你說得沒錯。」生煎包說道，還是淡淡的樣子，「所以我一直在深刻反省跟檢討。」

「檢討什麼？」

竟然是顆會自我檢討的包子，還真難得。

她抬眼看我，伸手揉了一下眉心，說道，「我有個好朋友——就是上次找你幫忙拍影片的那個——她叫蔡品柔。」

「嗯。」

生煎包嘆了口氣，「她很喜歡你。」

「那又怎樣？」

「意思就是，我們現在這樣，不管是真是假，小柔如果知道的話，會受傷，會不開心。」生煎包終於露出苦惱的神情。

抑鬱的包子。

「說真的妳想太多了。」我說道，「妳用不著這樣顧慮別人。」

「小柔是我死黨。」生煎包執拗地說。

「那又怎樣？」

生煎包頓足，「哎你不懂。」

「……看來妳現在還滿糾結的。」我抛出笑容。

生煎包瞇起眼，忽然回復以往那種不認輸的強悍表情，「是啊，我是很糾結，因為我重朋友啊，怎麼樣？誰像你啊，說不定連朋友都沒有。」

妳這丫頭——

我沉住氣，不怒反笑，伸手搭上她的肩，「我們小茉說的一點都沒錯，我是沒朋友，但是無所謂喔，因為我有小茉這個『女朋友』——這樣就足夠了。」

生煎包奮力揮開我的手，想要說些什麼，但她的動作在瞬間凝結住，不悅的神情轉成尷尬和不安，視線越過我，停在我身後某一點。

我順著她的視線轉頭，發現穿著便服、揹著後背包的池田陽菜就站在我身後，泫然欲泣。

——到底為什麼會出現在這裡？

這是我最先浮上的念頭。

第九章．小茉

池田陽菜像個含恨而死的幽靈似地散發出悲慘的氣息。
我有種好像就這麼毀掉她人生的錯覺。
何書培轉身之後也嚇了一跳，臉色微微一沉，大概也覺得尷尬了。
池田陽菜用相當強烈的動作表達出她的深呼吸，接著走到我面前。
是的，不是何書培，而是我面前。
她跟我差不多高，平視著我，幽黑的眸子漾著濛濛水氣。
「這位同學……妳就是何書培的女朋友吧？我剛剛有聽到。」
我還不知如何應答好，何書培便跨了一步，讓我站在他身後。
不得不說這舉動很有少女漫畫男主角的氣勢，帥氣，又給人可以依靠的感覺。
「池田同學，有什麼事嗎？」何書培口氣難得有禮貌。
池田看了眼何書培，又看了看我，說道，「沒什麼，只是覺得很巧……想打個招呼而已。難道，連打招呼都不可以嗎？」

這時我不得不從何書培身後探出頭，尷尬地說了聲：「妳好。」
池田陽菜點點頭，黑髮和蒼白的肌膚更顯陰鬱。
「我們還有事，先走了。」何書培拉住我的衣袖，匆忙跟池田說了句再見。
「再見。」我在被拉走的同時，也補了一句。
池田陽菜很落寞地站在原地。
我覺得自己是個十足的壞人。
最壞的地方在於，當何書培拉走我時，我多少還是有點虛榮的。
「欸。她很難過的樣子。」不知走了多久，我才想起來應該甩開何書培的手。
何書培無奈地聳肩，「現在難過，總比給她那些不清不楚的期盼來得好。」
「你這幾天好像變了個人。」我雙手抱胸，在等紅綠燈時看著何書培，不明白這人演技怎麼突飛猛進。「人格分裂？」
「除了人格分裂之外，妳沒有別的形容詞嗎？」何書培微笑，再也找不到那種糾結的表情，「妳不覺得我充分證明了自己是真心喜歡妳嗎？」
真心喜歡嗎？

不對，要是連這種話都相信，那我這輩子大概註定被全世界的人當肥羊宰了。

我看著他，考慮了一會兒，「——我覺得你的演技有長足進步。」

何書培壞心地笑著，「妳知道嗎，我這兩天發現，跟妳在一起，演技進步得很快。」

我伸手，「既然這樣我要收學費。」

「學費嗎？」何書培狡黠一笑，猛地抓住我的手放在他唇邊輕輕一吻。

「你你你！」我用力抽回手，「你幹嘛啦！」

「繳學費啊。」

「變態！你這是性騷擾！」

何書培滿不在乎，「那妳可以在這裡求救啊，路人很多，剛好可以見識一下這世界的冷漠，看會不會有人來救妳。」

嗯，想也知道不會。

而且大家八成反而覺得是我誣告何書培吧。

可惡，竟然就這樣被吃得死死的。

我瞪著他，「你究竟想怎樣？」

「妳問過好幾次了——我不就是在好好跟妳談戀愛嗎？很難懂？」

我明白了，你只是要找個女孩子陪你練習怎麼演偶像劇，好增進你的演技，是吧？

雖然我不知為什麼挑上我，不過，你既然鎖定我，覺得我就是那個很好利用的人選，對吧？

想到這裡，我覺得很奇怪。

已經不是對何書培感到奇怪，而是對自己。

我奇怪自己怎麼沒動怒，也沒有暴跳如雷；也沒有逃走的打算。

「……妳怎麼了？」何書培的聲音傳進我耳中，阻斷我繼續深究。

我搖搖頭。在這個當下既沒有力氣跟何書培吵架，也沒有什麼心思去想池田陽菜或者小柔的事。只覺得這一切都是胡鬧，無聊而已。

而池田陽菜和小柔的喜歡，被我跟何書培兩個人任性地傷害了……

很惡劣，我跟何書培都太惡劣了。

為什麼我就這麼成為了壞人？

何書培忽地伸出雙手扳住我的肩膀，第一次有人這麼做，我有些吃驚地抬頭。

他低頭望著我，總是迷濛的雙眼透著陌生的情緒，「……妳該不會是要哭了吧？」

□

「……欸，」何書培轉頭看我，「我覺得妳那個草莓跟咖啡的口味看起來好像比較好吃。」

我把手上的冰淇淋甜筒遞給他，「那給你。」

「我不愛吃冰淇淋。」

「那你還帶我來吃冰淇淋。」我看他一眼，這人還是很怪。

「我小時候，每次只要我姊哭了，我媽就帶她去買冰淇淋。」何書培第一次露出有點不好意思的神情。

所以在你心中女生哭的時候用冰淇淋打發就好嗎？

「冰淇淋對你姊很有效？」

何書培比了個讚，正經八百地說道，「應該說，任何食物對她來說都很有效。」

我忍不住噗地笑出來，同時也覺得愈來愈冷。

「可是已經冬天了，還坐在公園裡吹風吃冰，這也太搞笑。」

「啊，我知道了。」何書培把他還剩很多的瑞士巧克力和香檳葡萄口味甜筒塞給我，「幫我拿一下。」

「你要幹嘛？」雖然接過甜筒，但完全不知道這人想做什麼。

何書培動作迅速地脫下制服外套，順手替我披上，「不用謝，這是我該做的。」

我把甜筒塞還給他，不過沒拂掉外套，帶著何書培體溫的外套立刻包裹住我，「……何同學，我發現你演人家男朋友演得很入戲耶。」

「妳怎麼知道我是演的？」

「……」我終於放棄，真心覺得累了，不好玩了。我說道，「別鬧了好嗎，你知道我知道，你一開始說的什麼喜歡我，根本就是目的不明的謊話。現在是怎樣，一定要我點破嗎？」

何書培勾起淺笑，似乎也不再掙扎，「那個時候我演技這麼差嗎？」

拜託，你演技有好過嗎？

不，話不能這麼說，現在扮演少女漫畫男主角外加俊俏男朋友是滿成功的。

何書培見我不語，又道，「雖然天氣已經變冷，可是冰淇淋再不吃還是會融化的。」

「我吃不完，都給你。」

「我不喜歡啊。」

「男朋友就是要幫女朋友把吃不完的東西解決掉。」我故意說道。

「妳現在是打算讓我增重，來斷我桃花嗎？」何書培似笑非笑，「這倒是個別出心裁的方法。」

我瞇起眼，「老實告訴你，我這輩子絕不會再喜歡BMI低於19的竹竿男了。」

何書培學我瞇起眼，「我好像聽到了關鍵字——什麼叫作『再』？」

「再？」

「妳說妳不會『再』喜歡BMI低於19的竹竿男。意思是，以前喜歡過？」

何書培坐直身體，「我不是妳第一個男朋友嗎？」

糟了，一時不慎，竟然脫口而出。「——你是啊。」

不過，你並不是我第一個喜歡的人。

「申小姐，個人建議妳從實招來。」

「……沒有什麼好招的。」我想起剛剛那通電話，還有很久很久都沒在電話裡聽到的聲音。「都已經活了快十八年，有幾個喜歡過的人很正常好嗎。」

「是這樣嗎？」

「要是一個都沒有，那才奇怪。」

何書培聞言偏著頭思考起來，說也奇怪，他只要安靜下來，馬上就讓人覺得像是從少女漫畫裡走出來的完美男主角。

「……活了快十八年，如果都沒喜歡過任何人，會很奇怪？」他想了一會兒後問我。

「你看看我們周遭的同學，誰沒有一兩個喜歡的人？如果真的活了十八年，然後都不知道『喜歡』是怎樣的感覺，你不覺得奇怪嗎？」說真的我很難想像有這種人的存在，是有那麼遲鈍嗎？

「那妳說，喜歡是怎樣的感覺？」

我稍微想了一下，雖然不願意，卻理所當然地回憶起之前的事。

「喜歡的話，當然會想常常跟那個人聯絡、見面；想知道對方的事，自己的事也會想分享給對方……期待對方能證明自己是特別的，容許自己的佔有慾……最基本最基本的，會不由自主地想到對方，不是嗎？」

然後呢，這些你都沒有，還指望我相信你是真心喜歡我，有沒有搞錯？

何書培轉頭看我，同時盡責地吃著兩人份總共四球的冰淇淋，「妳功課很好？」

這是哪裡冒出來的問題啊？

何同學你這跳 Tone 的速度也太驚人了。

「我功課不好啊怎麼了。」

他搖搖頭，「覺得妳腦筋應該不錯。」

「沒有喔，從來沒人說過我腦筋好，而且我在班上是很悲哀的後段學生。」

愈講愈覺得自己很淒涼。「但是我知道你成績很好。」

「妳怎麼知道？」

「你忘了，我朋友小柔，是你死忠粉絲。」

何書培不置可否，忽然做出誇張的表情，「我應該一年內都不會再想吃冰淇淋了。」

「剩一點點了，加油。」我隨意說道。

「……妳是個很怪的女孩子。」

「你就很正常了？」

何書培笑了起來，「不，其實我覺得我們有點像。我指的是個性，不是外表。」

「謝謝你喔！還特別強調！你現在是嫌我醜就是了？」

何書培怪訝，「難道妳覺得自己漂亮？」

「我比較想問你，放著校園美女不要，幹嘛跟我這個醜八怪交往？」

「是妳先提交往的。」

「欸！那是因為你先說喜歡我的——」我瞪著何書培，「算了，這個問題已經鬼打牆好幾天了，我放棄。反正我知道你是有目的才會那樣說，我呢，我承認我也是賭氣才提交往，這樣可以了吧。」

何書培終於吃完兩人份的甜筒，我從書包拿出紙巾遞給他，他接過後說了句謝謝，然後才清了清喉嚨，「無論如何，我對目前的狀況其實很滿意。」

這句話真的完全超乎預期。

我前面說了這麼多，而且也願意承認自己是因為賭氣才提交往，期待的結果是何書培順勢乖乖說出了他原本的目的和打算，而這場名為「交往」的鬧劇還是遊戲可以就這樣在還沒造成更多人困擾前和平落幕。

結果，這個人竟然對目前狀況感到滿意——

這跟我期待的完全不一樣啊！

「等、等一下……滿意？我完全不懂耶，你是在滿意什麼？」我瞪大眼，仔細地想從何書培的神情中找出線索。

何書培反倒以一種「這怎麼會不懂呢」的表情回望我。

「我覺得跟妳交往沒什麼不好的。」

我習慣性地瞇起眼，「你居然覺得沒什麼不好……你跟一個不喜歡的女生交往，這點就已經夠不好了。」

「是這樣嗎。」何書培朗朗一笑。

然後，我聽到了陌生的手機鈴聲，是他的。

手機螢幕上出現了一個有點眼熟的女子。

何書培用口形說了句我姊。

我點點頭，沒再發出聲音。

「喂？喔，我還在外面……等等就回去了……好啊，晚飯我自己吃……不用幫我帶……可樂家裡還有。好，再見。」

何書培結束通話後，我總覺得哪裡怪怪的。

「剛剛那個來電畫面是你姊姊的照片？」

「沒錯。」

「她滿漂亮的。」何家基因真強，羨慕。

「她是很漂亮。」

「而且很眼熟……奇怪了，我好像在哪裡看過她……我可以再看一次她的照片嗎？」

何書培猶豫了一下，如果我沒看錯，其實他有點為難。

「我知道妳為什麼覺得她眼熟。」何書培說道，滑開手機，點出他姊姊的照片，「我姊，何書晨。」

「何書晨……」我湊近看著他的手機，「我沒聽過這個名字，可是我一定看過她，她是演員嗎？還是模特兒？我真的對她的臉很有印象。」

「妳沒聽清楚嗎，我姊的名字，何、書、晨。」何書培又重複了一次。

「我有聽到啊，就跟你差一個字……」我複誦了一次，「何書晨嘛——欸欸！等一下，她是——我想起來了！之前在書展開過簽名會，我看過她，她不是何書晨，她是那個——程、舒、荷！」我不禁叫道，「寫小說的程舒荷就是你姊！怪不得！怪不得你問我她小說好不好看！怪不得你對愛情小說不陌生！」

「她的筆名很沒創意。」何書培淺笑，收起手機，「就只是把本名倒過來改改字。」

「哇，那我還找你拍亮亮魚的活動短片，如果被她知道，一定氣死。」

「沒錯。」何書培苦笑。

我吐吐舌，「那時你不該幫忙的，抱歉。」

「妳忘了，是我自己說要幫妳拍的。」

「也是，白道歉了。」我忽然想到，「剛你姊打給你，是叫你回家吃飯了？」

何書培聳肩，「問問我在哪，她今天不回來吃飯，我會自理。」

「這麼說已經是晚飯時間了！」我霍地站起，何書培的外套就這樣從我肩上滑落在長椅上。

何書培跟著起身，「街燈已經全都亮了，」他看了眼錶，「六點多了。」

「慘了！我今天要補習！」完蛋了！我竟然只顧著聊天，把補習忘得一乾二淨！「死定了，今天非遲到不可。」我抓起書包，把外套塞還給何書培，「我補習遲到了，再見！」

「等等，我送妳。」

「不用了，我得去搭車，再見。」說話的同時，我已經開跑。

「喂！喂——」何書培的聲音一下就落在我背後了。

我到底在幹嘛？！

連補習都忘了，這下真的慘了。

怎麼會這樣……

申茉莉妳真的是蠢到有目共睹了，大笨蛋！

□

補習班下課時已經快要十點。把今天新發的講義塞進書包裡，我揉著眼睛，巴不得有扇任意門，可以讓我瞬間到家，直接倒向床。

不過現實始終是現實，我揹上沉重的書包，跟其他同學一起，以極慢的速度往大門口移動，而這時，戀人APP響了兩聲。

我拿出手機滑開，何書培傳了一則新訊息：**我在妳補習班對面的星巴**

克大門口。

這麼晚還跑來，又想要幹嘛。要是被認識的人看到……算了，反正下午都已經被池田陽菜撞見，這時候想再多也沒用。

只是，我不太懂自己，為什麼並沒有拒絕見面的打算，甚至連一點點反抗的念頭都沒有。難不成只是因為掛了個「交往」狀態，我對何書培的容忍度就瞬間提高了三千五百倍嗎？

或者我擁有傳說中「斯德哥爾摩症候群」的體質？

總之，怎樣都很難說，這世上最複雜最難以預測的，就是人心了。

我拖著腳步，跟著人群一起慢慢過了馬路；已經換上便服的何書培確實在星巴克前等著我，不得不承認外表果然是第一重要，許多路過的女孩子都特別停下來多看他幾眼。

何書培戴著耳機，正巧目光投向我所在的位置，他毫不在意眾人目光，向我揮揮手走來。雖然已經料到他八成會這麼做，但還是覺得自己被何書培暗算，心有不甘。說真的，當那些注意何書培的女孩，看到他走向的人是我，她們臉上毫不掩飾地露出了鄙夷和不敢置信的表情。

不會吧，這麼少女漫畫的劇情，真的不適合我，我才不要當全校（還有不少校外的）女生情敵。何況少女漫畫裡，男主角至少是真心喜歡女主的；果然漫畫是漫畫，人生是人生。

「……你跑來幹嘛？」

「根據我個人的經驗，女孩子都很喜歡男生接送。」何書培滿不在乎地說道。

「你很閒嗎？」我知道你功課好，就算不用念書就能考一百分，那也不用專程出門浪費時間。

「妳這麼說也太無情了。」

都已經把話說開了，難道我還需要戴著假面具做人，甜膩膩地喊你親愛的？

不會這麼無聊吧。

「早點知道我的真面目也不是壞事。」我說道。

何書培看來真的是演得很過癮，並不介意，「走吧，送妳回去之後，我也得回家了。」

所以說你就不用來了嘛！「你真的很無聊。」

「談戀愛不就是兩個人一起做些無聊的事嗎？」

我瞇起眼，「你這言論真的很欠揍。」

他拿出手機，「今天的合照還沒拍呢，交往紀錄空白就不好了。」

「……別玩了大哥。」

「不要這種表情，這是我第一次接妳下課，拍一張紀念吧。」

「我、不、要！」

你真的嚴重走火入魔了，真的。

第十章．書培

回到家已經快十一點，不過老爸和姊都還沒回來。

很好，沒人會盤查我行蹤，輕鬆愉快。

洗完澡我一面擦乾頭髮，一面在書桌前坐下，把明天要交的練習卷拿出來放在桌上，將手機接上充電線。

手機螢幕亮起時，我看到一則戀人APP的訊息，是生煎包對於我傳給她的「第一次接下課紀念照」的回覆。

她貼了一張滿臉斜線的圖。

我覺得人真的很奇怪。

真的真的非常奇怪。

在回來的路上，我一直在想著自己的轉變。

其實我不是很明白，為什麼現在的自己覺得這一切很有趣。

難道，就像她說的，我真的是太無聊了嗎？

回想最初明明就是對生煎包心懷怨恨，想要「除之而後快」，可是現在只覺得這個讓我增強演技的「戀愛演技訓練對象」很有意思。

生煎包跟以前我身邊的女孩子完全不同，跟她說話會一直沒完沒了，也會特別想看她受到驚嚇或者被我惹生氣，總覺得她的表情太有戲了，就是想要看看這顆包子還能有哪些變化。其他的女孩幾乎都很在意自己的形象，千篇一律，枯燥乏味。

當然，我很訝異自己竟然會從最初的復仇想法，轉成現在的心情，不過，這也代表我從她的批評裡看到自己的弱點，而且也能走出來面對。對我長遠的演藝生涯來說，絕對會是好事一件。

事實上，生煎包也並沒有想像中那麼討人厭。

雖然我深深認定這可能是錯覺，不過她確實有種讓人另眼相看的氣質，而這和容貌並沒有直接的關聯……或多或少，可以稍微理解，為什麼徐嘉聲會對她產生好感。

想到這裡，我滑開手機，傳了訊息給生煎包。

——徐嘉聲後來有跟妳說什麼嗎？

大約幾分鐘之後她回覆了。

——他問我，到底跟你是不是在交往。我解釋了一下。

看來徐嘉聲對生煎包確實有意思。

——妳解釋完之後呢？

——就打鐘上課了。不過，我明確地跟他說，我真的不喜歡你。

這顆包子是笨蛋嗎？！

這樣一說，徐嘉聲只會把我跟她當作莫名其妙的笑柄。

而且為什麼——

為什麼在看到這段文字時，

我的心有種被刺了一下的微疼感？

忽然覺得不太開心，我把手機放在練習卷上，等著看生煎包會不會發現我就這樣不再傳訊，接著意識到我不高興。理論上，像她這樣的女孩子應該會察覺，對話就這樣突然打住，一定有什麼問題。

結果，到我寫完三張練習卷還複習完了英文小考為止，生煎包都沒再傳訊來。

□

昨晚老爸出差不在台北，老姊到了凌晨一點多才回來。

為什麼我會知道呢？

因為我昨晚直到凌晨兩點多，都還拿著手機，像個白痴一樣，在想那顆包子到底有沒有發現我不高興了，到底會不會傳訊來。

我本來以為，她也許會傳個「晚安」之類的話作為試探，然而並沒有。真的是什麼都沒有，訊息畫面就這樣停在最後她傳的那句話。

——不過，我明確地跟他說，我真的不喜歡你。

有必要這樣強調嗎？

有必要跟徐嘉聲解釋那麼多嗎？

這顆笨包子，該不會對徐嘉聲有好感吧？

□

「你——」生煎包一步出那扇老舊的大門，便被我嚇到了，「呃，今天有約好一起上學嗎？」

「這還需要約嗎？一起上學理所當然吧。」我冷著臉說道。

生煎包用手輕掩著口鼻，打了個呵欠，看起來很累，有些無精打采。

「隨便你。」她懶洋洋地回了句，同時還附加了一個小噴嚏。

我看著她，「……妳感冒了？」

她動動頸子，答道，「不知道耶……昨天補習完回家之後開始頭痛，洗完澡吃了藥，結果一不小心就在書桌前睡著了，早上起來就開始咳嗽，而且肩膀超痛的。」

「那就是感冒。怎麼這麼不小心。」

這麼說來，這顆包子並不是無視我，而是不小心睡著了。天哪，真的是顆少見的笨包子。一想到這裡，本來預備好見面之後要爆發的連串抱怨，不知為何瞬間消失了，只剩下生煎包很可能是個生活白痴這樣的結論。

「這還好……比較麻煩的是，吃了藥之後我不是瞬間昏迷嗎，結果作業沒寫完，今天早自習得跟小柔借來抄了。」她剛說完，又打了個噴嚏，「完蛋了，就要段考了還感冒。」

「笨蛋。」我不禁說道，生煎包的鼻頭開始變紅了，顯得有幾分滑稽。

她從制服外套口袋中拿出口罩戴上，「……離我遠一點。」

「為什麼？」

「你就這麼想被傳染嗎？」

隔著口罩，生煎包的聲音變得有些悶。

不過，最令人訝異的是，這顆包子戴上口罩之後，整張臉被遮去大半，反而突顯出她的雙眼。並不是漂亮的大眼睛，可是卻有著貓咪的感覺，嗯，而且是對人類有警戒心的流浪貓。

「……欸，欸！」生煎包忽然開口。

「嗯？」

「你幹嘛盯著我發呆？」

我連忙否認，「沒有，並沒有。」

「我口罩有問題嗎？」

「沒有，口罩很好，是個好口罩。」

生煎包一臉「你瘋了嗎」的神情，「好口罩是吧……怪人。」

快到學校時，生煎包忽然問道，「——對了，你說你們不演《腦髓地獄》

了？」

我點點頭，「評估之後覺得太困難，指導老師說趁現在重選劇目還來得及。」

「那你們選好了嗎？」

「社長說他想選輕鬆一點的。」

生煎包眼珠一轉，「改編你姊姊的小說怎麼樣？你可以演痴情帥氣男主角喔。」

我不禁失笑，「妳覺得我適合？」

她盯著我幾秒，「說真的，就這陣子的觀察而言，我覺得你很有演偶像劇的天分。」

「那，妳要陪我練習怎麼演『壁咚』嗎？」我不經思索便脫口而出，自己都嚇了一跳。

生煎包倒是淡定，似乎覺得我在開玩笑，照理說，一般女孩子聽到我這樣問，應該都會臉紅得跟蘋果似的外加雙眼狂冒愛心才對。可是生煎包沒有，絲毫沒被我的話影響。

「陪你練習？那我有什麼好處？」她興趣缺缺。

「妳可以獲得『被百大校園帥哥之一壁咚』的好處。」我到底在胡言亂語什麼?!

生煎包一邊發出咯咯咯的笑聲，一邊嗆咳起來，「最好那是『好處』！太搞笑。」

我挑眉，「這可是很多女生夢寐以求的情境，妳不要不知好歹。」

再怎麼說我也是被廣大女高中生票選出來的百大校園帥哥之一，妳現在是無視我嗎?!

生煎包撫著胸，停下腳步，微微彎下腰，她的口罩因劇烈喘息而起伏著。

我剛剛的話真有這麼好笑?竟然笑成這樣，我覺得自己一點都沒講錯啊。

「……妳會不會笑得太過分了?」

「抱、抱歉……但是……」她拉開口罩，喘著氣，「你說的那個『好處』，實在太爆笑了，哪有人把這種東西叫作『好處』啦……」

話剛說完，她又咳了起來。

「好、好，妳別講話了。真是的。」我看了眼四周，轉角處有家便利商店。

「妳要喝點熱的飲料嗎?前面有SEVEN。」

她直起身子，搖搖頭，調勻呼吸，重新戴上口罩，「不用了。走吧，我還得早點進教室抄作業呢。」說著，她抬手看看錶，「欸，我沒時間在這兒慢慢聊了，我先走了喔，再見。」

「妳——」

生煎包隨意揮了揮手，揹好書包，開步跑向學校。

……這顆包子是怎麼搞的，連跑步都跟企鵝沒兩樣，左搖右擺，前後晃動。妳就不能好好跑個直線嗎？真是笨蛋。

□

第三堂母老虎的數學課結束後，陳望峰帶著高深莫測的表情來到我面前。

「——我，全都看到了喔。」

靠北你這什麼爛開場，不知道的人還以為我殺人你目擊了咧。

「什麼啊？」

陳望峰露出稱不上奸笑但也相距不遠的討厭表情說道，「我都不知道你品味這麼神奇耶。」

「你到底在說什麼？」

「你昨天是不是去補習班找申茉莉？」

……我都忘了，陳望峰和包子可是補習班同學。

我不置可否，「視力還真好。」

陳望峰探詢，「雖然怎麼想都不可能，不過——你所謂的交往對象，難道就是申茉莉嗎？」

「你覺得呢？」我反問道。

陳望峰難得露出沉思表情，摸著下巴，「理智和常識上都覺得不可能啦，你們根本就是不同世界的人嘛。再說，為了申茉莉而放棄我們陽菜，那絕對不是正常人會做的事，是瘋子。身為我們戲劇社票房保證，你看起來不像瘋子啊。」

「社長大人，你比我想像中還囉嗦。」我說道，「不過你沒看錯，申茉莉是我女朋友，我女朋友就是申茉莉。然後你也不要費心問我為什麼會跟她交往，這是私人問題我不會回答的。」

很可能是因為我並沒有刻意放低音量的關係，除了陳望峰之外附近的女同學好像也聽到了關鍵字——那顆包子的名字。

陳望峰聽我說完果然愣住了，過了一會兒才說，「雖然你叫我別問，可是真的太想知道為什麼了。為什麼你會突然跟申茉莉交往？」

我打開課桌上的礦泉水，喝了一口，「不突然啊，我不是之前才問過你怎麼認識她的。由此看來，並不是毫無徵兆。」

「……哇哩咧我以為那個是閒聊而已，最好是徵兆。」陳望峰顯然對我的說法相當不滿，「話說回來，申茉莉到底哪裡好了？」

——以包子來說算是很有趣的。

難不成你指望我直接回答嗎？

我輕描淡寫，「你不用知道她哪裡好，我知道就行了。」

陳望峰一臉敬佩，「這話說得漂亮。不過，何同學你真是好胃口。」

「……」

我最近突然性格大變，開始愛吃包子，這樣總可以了吧？

我對那顆包子不滿很合理，倒是你，你對她憑什麼有意見？

什麼時候輪得到你來比手畫腳指指點點的？

陳望峰又說了幾句表示他千分驚恐萬分驚訝的閒話才走開，我正想拿出手機，沒想到第二波攻擊又殺到了——

我的天哪，妳們不煩我都煩了。

□

第二天中午休息時，戀人APP傳來了通知，生煎包問我是不是跟大家說了什麼，今天從早自習開始到吃飯時間突然有好幾個女生跑到禮班去探頭探腦問說誰是申茉莉。

——大家這麼快就知道妳是二年禮班的，好有效率喔。

——何書培！

她傳了一個氣炸了的表情。

接著又一句。

——小柔正在大爆炸，被你害死了啦。

——誰是小柔？

抱歉我真的不記得。

——都是你啦。

——欸，提示一下嘛，到底誰是小柔？

但是她沒再回覆了。

第十一章．小茉

小操場和明德樓中間有一排低矮的建築物；只有一層樓，分別是體育用品室、桌球社和桌球教室。

站在沒什麼人走動的桌球社前，小柔雙手握拳，緊閉雙唇瞪著我。

在教室裡的時候我相當不安，不知道該怎麼說、怎麼解釋才好；而現在，大概是已經知道事已至此，再掙扎也沒用，反倒是平靜下來。

「申茉莉，妳一開始就計劃好了，對吧？」小柔用尖銳的語氣問道，「是不是？妳是不是故意去找我們培培拍影片，然後就一直去跟他示好？不然為什麼你們會在一起？」

我搖搖頭，「沒有，那真的是意外。說真的我還是不知道為什麼。」

「笑死人了，妳是當事人都不知道為什麼，那誰知道？妳覺得妳講這些我會相信嗎？我有什麼事都會跟妳講，結果妳是怎樣對我的？妳不但什麼都不跟我說，還騙我，還搶我喜歡的人！要不是那群何書培親衛隊跑來問誰是申茉莉，我大概還要再被妳騙下去！」

「小柔，我不是故意要騙妳的——」

她硬生生打斷我，「騙就是騙，不管故不故意都是騙！」

「妳要這樣說也可以，好，沒錯，我就是沒跟妳說，可是我真的也不知道要怎麼說。雖然我們是好朋友，不過這件事在我釐清狀況前，難道我不能先暫時保密，等一切處理好再告訴妳嗎？正因為我知道妳對何書培有好感，才想說看是不是能在不影響妳心情的前提下跟何書培講清楚。」

「好朋友就是要坦誠啊，妳這些都是藉口，說穿了就是想撇開我去倒追何書培。」小柔叫道，「妳怎麼可以這樣？！妳心機好重，卑鄙！」

我呆了幾秒，一邊咳，一邊說道，「我只是不知道什麼時候跟妳講才好，這樣就叫卑鄙？！」

「沒有第一時間馬上告訴我，就是卑鄙！代表妳心裡有鬼才不講。」小柔真的氣瘋了，我從沒看過她這麼激動的樣子。

一時間我的歉意消失了不少。

我不知道自己的歉意和難過跑哪去了，只覺得說不清楚，講不明白，無力且無奈。

「妳不相信我所說，對嗎？」我發覺自己的聲音不知是因為感冒還是什麼原因，變得乾乾扁扁的，像鴨子一樣。

「當然不相信！我真是太天真了，還拉著妳去戲劇社後台看何書培——我本來以為妳還真的對他一點興趣都沒有，結果呢？結果妳就這樣暗地裡勾引他。現在被大家發現了，妳就來裝可憐，說什麼都是為了我，妳覺得我會吃妳這一套嗎？」

「我裝可憐？」我都傻了。我到底是什麼時候裝可憐了？

「妳不是嗎？假惺惺說什麼都是為了我，還很苦惱，妳的演技沒去戲劇社真是太可惜了。」小柔諷刺地說道，她換上了我從未見過的表情，狠狠說道，「妳要這樣可以啊，別以為我會怕妳，我會讓大家都知道妳是個搶死黨男朋友的賤貨。」

小柔說完，轉身要走，我喊住了她，「先別走。」

「怎樣，又想到什麼新藉口要來解釋了？」

「妳覺得何書培比我們的友情重要是嗎？」而且他並不是妳的男朋友，從來就不是。

「笑死了，」小柔尖銳地笑了兩聲，「最好我跟妳之間有友情。」

——**最好我跟妳之間有友情。**

——最好我跟妳之間有友情。

——最好我跟妳之間有友情。

□

回到三樓時，發覺走廊上的氣氛不大對勁。

我拖著腳步，沒心情好奇周遭的變化，只是悶著頭往教室走。

然而，在我們教室門前，有人攔下了我。

「妳很難找。」是何書培，他毫不在意大家的目光，憂心忡忡地看著我。

很難形容在短短幾秒間，我的心情經過了多少轉折。最明顯的一層，是我現在已經一點都不在意小柔，不，蔡品柔同學怎麼想了；也不在意如果她看到我跟何書培走在一起會怎樣反應了。

反正，她不是已經說了嗎？

我是個搶她男朋友的賤貨啊不然呢。

「妳沒事吧？」何書培又問了一次。

我搖搖頭，不想說話，但此刻的我由衷感激何書培。

當他站在我面前時，我感覺得出他那擔憂的神情發自內心。

我很想說聲謝謝，可是真的沒辦法開口，就是沒辦法。

何書培皺眉，對於我不發一語顯然感到困惑；畢竟我之前總是一句也不讓他，一點也不認輸。

就這樣在教室門口站了一會兒，他那張無瑕的臉即使在這種時候還是抓住了我幾分注意力；我告訴自己，欣賞美好的事物可以讓心情變好，在這個時刻，何書培就是最好的標的。

「——何書培，我有話跟你說。」小柔從走廊轉角出現，雖然喊了何書培，但卻死死瞪著我。

何書培聞言轉身，「妳是？」

「我叫蔡品柔。」小柔還是看著我，而非何書培，她的聲音像是被踩扁的乾燥松果那樣令人不舒服，「我不知道你為什麼會跟申茉莉交往，我要說的是，申茉莉她明明知道我很喜歡你，但還是橫刀奪愛，背叛朋友，像她這樣的小人，你最好小心一點。」

小柔的音量不小，大概是有意講給所有人聽的，整條走廊上大家一個字也沒錯過，本來鬧哄哄的，不到一分鐘便安靜下來。不過這安靜也沒撐過一分鐘，大家很快便開始竊竊私語了。

我望著何書培，何書培的眼神彷彿會說話，他似乎在告訴我，他已經瞬間明白為什麼我臉色如此難看，而且連一句話都說不出來。他沒理會小柔，只是注視著我。要是平日的我，一定覺得難堪，想逃，不過也許是因為跟小柔賭氣，不想被人說是「畏罪潛逃」、「沒臉見人」，我反而站得直挺挺的，抬頭回望他。

「——所以說，」何書培緩緩開口，那雙細長的眼望著我，「妳真的是個笨蛋。」

「……」我依舊沒有說話，只是不由得咳了起來。

「笨到家了。」何書培的語氣平緩，帶著一點莫可奈何。他習慣性地碰了碰鼻尖，另一手插在褲袋裡，對小柔的話置若罔聞，「放學後別亂跑，帶妳去買感冒藥。」

我有點想哭，何書培說完話準備轉身離去，但又回過頭，靜靜地伸出手，輕輕撥了下我前額瀏海，接著才以無比悠哉淡然的步伐離開。

看著何書培瘦高淡定的背影，忽然間竟有一種從來沒有出現過的激動情緒從胸口往上噴湧，又酸又甜又嗆又辣，可是卻不覺得討厭，反倒覺得安心。

是的，安心。

安心。

□

整個午休時間班上都異常安靜，只有小柔座位旁例外。

好幾個女生圍著小柔，小柔哭個不停，可是我卻沒掉眼淚。

我不知道那些平常跟小柔根本沒啥往來的女生現在圍著她的真正理由，不過想從小柔口中探聽點八卦，恐怕是必然的吧。她們嘰嘰喳喳地談著，音量不大，除了小柔之外的女生，講沒幾句就往我這裡看，一旦跟我目光相接，又隨即調開。

真是做夢都沒想到，我也有成為妖魔鬼怪的一天。

手機震動了一下，我滑開。

是何書培傳的貼圖，白色不明生物愛心爆發。

老實說，此刻最明顯的感受，反倒是確定了一件事——

我不後悔。

我一點都不後悔主動跟何書培提了交往——雖然說那只是玩笑賭氣，或者純粹惡作劇——可是在這個時間點，我看著何書培傳來的貼圖，即使是演戲也好，都成為了我的小小依靠，讓我不至於覺得如此孤立無援。

我回傳了一張滿臉斜線的貼圖給他。

雖然，一度想過貼一張在哭的圖案，可是又不想撒嬌；看來我的個性也滿不乾脆，滿討人厭的……所以，才會連朋友都失去了吧。

我把手機扔進抽屜，趴了下來。

長袖制服的最大好處，就是可以在趴著的時候瞬間吸收眼淚。

真好。

後來徐嘉聲在下午打掃時間給了我一瓶貼著便條「我永遠支持妳」的礦泉水，很體貼的什麼也沒說。然後愈來愈多別班的女生跑來我們班欣賞「奇珍異獸」，that's me。

——什麼，就她喔？

——開玩笑吧，是不是同名同姓啊？

——何書培的女朋友是那個女生？搞錯了吧。

——怎麼可能為了這種女生打槍池田陽菜？！

——這根本是錯誤情報吧。

把數學筆記塞進書包裡的我，聽到了這句話，只有一個念頭：情報是不是錯誤我不知道，不過，對於何書培，對於小柔，有些事我真的錯了。

□

我垂著頭走在通往校門口的水泥空地上，帶有薄薄塵土的灰白水泥地看起來十分堅硬，我盯著自己的鞋尖，以穩定的速度前進著。身邊有的人走得快一些，有的人走得慢一些，也有不少人在經過我身邊時刻意放慢了腳步，打量我一會兒才加快步伐離開。

卻始終沒有人和我搭話。

也好。

不知道是不是感冒加重了，我咳得更厲害了。

走到一半我才想起忘了戴上口罩，於是停下腳步，從外套口袋裡翻出來戴上。

雖不是明星，不過忽然感受到了口罩帶來的些微安全感。

很微妙。

我按著手機，讓手機開始播放音樂。

薛之謙楊丞琳唱完，輪到了孫燕姿。

一個一個告別的身影　拼湊剪貼一件黑色風衣
未來是本書籍有童話　有愛情　有推理
我去過的過去　誰同行　誰遠行

——〈風衣〉．孫燕姿．詞／十方．曲／李偲菘

聽到一半，我又停下腳步，正好處於校門中，校內校外的交界，我再度拿出手機，把這首歌暫停，刪除。並不是不喜歡這首歌，而是因為這首〈風衣〉是小柔傳給我的，曾經兩個人很無聊在圖書館裡分享著，一人一邊耳機聽著的歌。

此時此刻，一點也不適合。

忽然一隻手拍上我的肩，力道不大，卻已使我一顫。

回頭只見何書培嘴角微揚，站在我身後。

我摘下耳機，還是發不出聲音，又咳了起來。

「好了妳就別開口。」他不由分說，也不顧校門口還站著恐怖的黑魔女教官，就這樣牽起我的手，「走吧，去買藥。」

我已經不知道自己是過於驚呆而忘了掙脫，還是覺得不甩開他的手也無妨，只知道有一股暖意從指尖往心頭流動，這是從來沒有過的感覺。

我瞪著何書培，完全呆住，動彈不得。

他頑皮地笑了，「在黑魔女對我們吹哨子之前，開始跑吧！」

嗶——

□

我很不擅長跑步，更何況是被人牽著手跑，速度和重心都是極陌生的感覺。我感受得到何書培刻意控制別衝太快，他緊緊握著我的手。

他不是第一個跟我牽手的男生。

我茫然地想著，陷入回憶之中。

在我跟銀河歐芮爾第一次見面、還不知道彼此身分時，他曾經在送我去搭車時牽過我的手。那時我很害羞，而他似乎不知所措；那樣的動作只維持了很短的時間，就因公車來了我得上車，自然而然地分開了。

不知為何我想起了那個時候。

更不知道為什麼，以前總是竭力避免想起、害怕心痛；但此時此刻，何書培緊握著的手給了我某種力量，我彷彿在這瞬間有了足夠的勇氣，可以面對那些過往。

不知不覺中，我反握了何書培的手。

他察覺到，然後用力地捏了下我的手指，沒有回頭，只是繼續往前奔跑——用著不適合他而是適合我的速度跑著。

Love is on the way　手緊握就別鬆開
我的錯覺不安　自然都與你有關
Never be too late　我只怕它太平凡
我願意體會　就算危險

——〈我想愛〉・楊丞琳・詞／葛大為・曲／都智文

第十二章·書培

一天之內，我做了非常多以前想都沒想過的事。

老實說我都懷疑自己是怎麼了。

從中午開始，我先是主動去生煎包班上找她，接著在看到她滿懷心事，又被同學那樣當眾羞辱後，竟然就毫不考慮地替她「出頭」了。

說「出頭」或許太奇怪，可我真的是本能地這麼做，未經細想，也來不及考慮。在走回自己班上時，我不停地在問自己，何書培你是吃錯藥了嗎？其實就整件事來看，跟我並沒有太大的關係。

生煎包自己都說了，當時是因為賭氣才提交往，我也確實是硬著頭皮同意的，那麼生煎包自己面對朋友時產生的問題，責任不在我，更不關我的事。

那，我到底為什麼看到她不開心時，會試圖讓她開心點呢？

為什麼不想看她被欺負，也不想看她難過？

為什麼就是想替她做點什麼？

這種心情，以前從來沒有過。

□

生煎包跑步很慢。

不知道是本來就慢，還是因為感冒沒體力。

仔細想想在公園裡吹風吃冰淇淋，很可能就是讓她感冒的主因，一想到這裡，就覺得自己很糟糕。

從校門口到捷運站前的藥局，跑了大約十分鐘，跟平常用走的，幾乎沒什麼差別。在藥局門前，她終於輕輕掙開我的手，滿臉通紅（猜的，畢竟她的口罩遮住大半張臉），彎下腰，喘個不停。

嚴重缺乏運動的樣子。

——是不是以後得拉著她跑步才行？

這個念頭一跳出，我就被自己嚇了一跳。

什麼時候開始，我竟然還考慮起她的健康來了？

搞什麼啊。

「……你、你……」生煎包努力發出了一點聲音，相當乾澀，聽得出來很不舒服。

「妳就別講話了。」我說道，「在這裡等我，我進去買藥。」

「……」

「對了，妳有沒有對什麼藥物過敏？有的話寫在訊息上給我。」

她搖搖頭又揮揮手。

等我走出來時，她已不在藥局門口了。我走出騎樓，看到她在不遠處的機車停車格，低頭看著窩在某輛速克達上的花貓，向貓伸出了手。花貓抬頭嗅了一下，沒什麼興趣，但也沒有躲開的打算，自顧自地重新窩好，沒想理她。

生煎包有些失落地收回手，靜靜地看著蜷成一團的貓咪。

「……這是藥，這是礦泉水，現在我把這兩樣都打開，妳，拿掉口罩，準備吃藥。」

我替生煎包扭開了水瓶蓋子，接著把藥盒拆開，拿出包裝，按照藥劑師的囑咐，將棕色的消炎藥和藍白色的感冒藥膠囊放在她掌心。

「快吃吧。」我說，「一顆消炎，一顆綜合感冒藥。」

生煎包不知道是突然變成呆子還是懶得反抗，順從地摘下口罩配水吞藥。

怎麼這麼聽話？妳都不擔心我給妳的其實不是感冒藥，而是其他東西嗎？藥才入口，她就嗆咳起來。

我伸手拍了拍她的背，不知道她是不是連藥也咳了出來。

過了好一會兒，她才終於止住咳，滿臉通紅，臉上還有淚痕。

「藥有吞下去？」我問。

她點點頭，從書包裡拿出手帕，胡亂抹了抹臉。

我把其他藥裝回藥房給的小提袋，交給她，「上面有寫，一天三次，飯前飯後都可以，很嚴重的話睡前再多吃一次。」

她再度點點頭，把藥袋塞進書包裡，我看到了一張字寫得不怎樣的黃色便利貼卡在她的書包前隔層。

沒問過她，我就伸手拿起，生煎包有點手足無措，但也沒打算搶回來。

「——我、永、遠、支、持、妳。」我唸了出來。

笑死了，現在生煎包是少女偶像還是校園女神嗎，這是寫信給偶像？！這哪來的笨紙條？！

生煎包拿回便利貼，隨意放回書包，那種沒啥美感的字讓我直覺認為不是女生所寫——當然，馬上就有個人名浮現。

我問，「徐嘉聲寫給妳的？」

生煎包露出驚訝的神情，點點頭，她想開口詢問，我抬起手示意她不必勉強開口，「我猜的。」

她努力發出聲音，我以為她要問我怎麼猜到的，但她的第一句話是：「謝謝。」

靠北。

為什麼她只說了兩個字，我就覺得有點小感動？！

「沒什麼。」我聳聳肩，不想讓生煎包看出我的心情。

她再度打開水瓶，喝了一口，揉著發紅的鼻子，極困難地又說了一次，「謝謝。」

胸口熱熱的。

我想，她指的並不是買藥這件事。

我有點不好意思，畢竟連我自己都不明白，為什麼我會這樣義無反顧地陪在她身邊。說到底，也不過就只是用APP建立起來、懷著惡意開始的戀人關係，可是如今，卻走到了我從沒遇過更沒想過的情境。

明明我就該說句「不客氣」或者「別這麼說」，總之什麼都好，不過卻因為尷尬和許多陌生的情緒而不發一語。

大概是我的臉色不太明朗，她又發出聲音，這次似乎比較有力氣了，「造成你困擾了。」

「不，不會。」

我像個白痴似的抓了抓後腦，旋身往一旁走了幾步，接著又折返，生煎包不明所以，老實說我自己也不懂。

「妳沒急著回家吧？我們坐下來聊一聊。」媽的我覺得我臉在發燙。

生煎包盯著我好一會兒，戴上口罩前，終於浮現清淺笑意回應，「跟一個喉嚨痛的女生聊天，你也算是很不體貼了。」

我不自覺地揚起嘴角，「走吧，這次不會再讓妳到公園吹風了。」

「可是，咳，」生煎包拉下口罩，有點執拗，「我想去公園，看小朋友玩蹺蹺板。」

「嗯，好，那就去看吧。」

□

結果根本沒有小朋友在玩蹺蹺板。

雖然有幾個小朋友在公園裡跑來跑去，不過就是沒人去玩蹺蹺板。

從便利商店走出來，靠近公園入口時，我遠遠地看到她坐在長椅上滑手機。

我放緩腳步，意識到我從來沒有好好看過這顆包子。

或者更正確來說，在這樣的距離，不帶太多想法地看看她。

真的不漂亮——至少絕不是在 IG 或者 Facebook 上會廣為流傳的美少女，跟池田陽菜相比，她完全就是張路人臉。當然我承認老是叫她生煎包是自己有點過分，其實她並沒有那麼「食物」。只是，當時的情況，我實在沒辦法給出太客觀的評價；正因為如此，我現在正努力地重新修正對她的觀察結果。

看起來輕軟的髮絲似乎帶著一點天然的棕色，瀏海不太整齊，但很適合她。她的瞳孔似乎跟髮色一樣，帶點天然深棕，偶爾會散發些微的異國情調。鼻子一點都不漂亮，跟現在流行的人工美女相比，她的小鼻子根本就是平原等級的扁。臉頰看起來很好捏，有個小酒渦，基於上次在麥當勞的經驗我知道，觸感也很不錯。下巴跟手指一樣短短的，有種大頭娃娃的味道。

至於嘴的部分嘛……

沉默時會不自覺嘟得高高的……

嗯，不行，我想到奇怪的地方去了，靠。

反正，今天的她是顆陰鬱而且重感冒的包子。

我知道這結論很爛。

不過在得到這個結論的同時，我也發現了幾件事：

一，我不再覺得她外表很差勁很醜。事實上還覺得她的長相有一點點童話感，也覺得她就像鼻子很扁的異國短毛貓（這是相當的好評）。

二，我今天為她做的事，遠遠超越第一任女友。更奇妙的是，這一切是我自己願意的，主動的；既沒有人強迫我，也沒有人提醒我，看著她，我就會開始想，可以做些什麼。

三，跟她在一起時，時間過得特別快。沒有理由的，就是覺得跟她說話時很放鬆，有趣，可以一直講下去。雖然之前大部分的對話都是建立在互相怨恨跟捉弄的基礎上，可是卻仍然覺得有趣，以前跟女孩子互動從來沒有這種感覺。

四，我知道我會為她站出來。不為什麼，就是本能反應。我也想問自己，為什麼「為了她挺身而出」會成為我的本能反應。是從什麼時候開始的我不知道，也許只是某個瞬間，就像彈手指一樣，啪一下就被按下了開關。

這些結論加起來，我彷彿理解了些什麼。

那個「什麼」，會是讓人有點驚恐的答案。

畢竟，我從來就沒想過，那樣的心情竟然在**這樣的時刻、這樣的女孩身上，以這樣的方式**浮現……

□

在我把從便利商店買來的熱咖啡遞給她時，她認真地擠出聲音，說了一句：

「你知道在你在公園口站了多久嗎？久到我都以為長椅上是不是坐著什麼我看不到的好兄弟，所以你才遲遲不願意走過來。」

我不禁笑了出來，「真有這麼久？」

「真的很久很久。」她打開咖啡杯蓋，呼呼地吹了幾下，「而且你只是站著，盯著長椅發呆，害我覺得好可怕。」

真是笨蛋，妳連我看的是妳還是妳坐的長椅都分不清楚嗎？

「……趁熱快喝。」我說道。

「可是還很燙。」

我從她手中拿過咖啡，像她一樣吹著。

「欸，」她瞪大眼睛，「何書培。」

「幹嘛？」

「你已經演得很完美了，現在可以休息，別再演了。」

「演？」

生煎包聳聳肩，「我是真心的，你真的已經演得很好了，去演偶像劇男主角絕對沒問題，所以啊，不用再裝下去了，自在一點吧。」

妳這個笨蛋。

「妳覺得我在演戲？」

「如果不是演戲，那你現在是在幹嘛？」生煎包咳了起來，過了一會兒，她撫著胸口，說道，「……你為我做的這些……其實我也不知道你到底是不是在演戲。可是，那是最好最合理的解釋了。」

「妳不覺得還有更好更合理的解釋嗎？」我注視著她。

她從我手中拿回咖啡，「不覺得。」

「像妳這麼聰明的女生，不會想不到，妳只是不打算去考慮那個『更好更合理的解釋』罷了。」

「欸，你是不是謊報年齡跑來讀高中？」她忽道。

「什麼意思？」

「一般高中男生才不會這樣繞著圈子講話。」她說完，終於淺嚐了一口熱咖啡。

「一般高中女生也不會跟妳一樣這麼的……」忽然語塞，不知道該如何形容她才好。

她沒追問，只是默默喝著咖啡。

過了一會兒，她發出了輕而軟的嘆息，短促但清晰。

「中茉莉。」

「嗯？」

「妳現在，有喜歡的人嗎？」

「……只能回答有或沒有嗎？」她轉頭看我。

「妳這問題很奇怪。」我也轉頭看著她，她淡淡的，沒什麼特別的表情。

「因為我的答案並不能單純歸成『有』，或者『沒有』。」她沒等我追問，主動說道，「我有曾經喜歡過，還沒完全忘記的人。」

我的心抽了一下，「還沒完全忘記？」

「對，還沒完全忘記。」她喝完咖啡，把空紙杯塞給我。「你看。」

我低頭看了眼空紙杯，她喝得一滴不剩，「是再來一杯的意思嗎？」

「咳、咳——才，才不是，」她笑了，「雖然杯子見底了，可是裝過咖啡的紙杯，再怎麼樣也看得出痕跡吧。」

「妳想說什麼？」

「人的心也一樣，不是嗎？喜歡過，就會留下痕跡，所謂的忘記，也只是利用時間，把那些痕跡掩蓋起來而已。」

我沒想過她竟然有這麼文藝（？）的一面，完全不知該如何接話，但隨即有個疑問浮上心頭，「那麼，妳喜歡過的那個人，是怎樣的人？」

「很痞的人。」她的手肘靠在膝上，掌心托著臉頰，看著遠方。

「還有呢？」總不可能因為痞就喜歡對方吧？而且，我似乎算不上痞，這就有點麻煩了……

「能讓我撒嬌的人。」

嗯，這我應該做得到（雖然目前還沒有什麼具體想法）。

「還有呢?例如說外貌什麼的——」

她看了我一眼,「跟你一樣,BMI值絕對低於19,嚴重竹竿。」

論身材我應該不會輸,那麼我最引以為傲的長相呢?

「他很帥?」

「會喜歡對方,當然前提是要看得順眼呀,至於帥不帥嘛,見仁見智……不過如果說長相,我認識的人裡面,你何書培如果稱第二,沒人敢稱第一。」

她說完,忽然仔細地打量我,「……嗯,你長得真好看,已經可以說是漂亮等級了,我老是覺得,你像少女漫畫裡走出來的人物——這是真心話喔。」

不用妳說我也知道啊,不然妳以為百大校園帥哥的投票是選假的嗎?

倒是忽然間,我覺得妳長得有點像蠟筆小新的妹妹,這是怎麼回事啊?

生煎包反問,「你說我不是你第一個女朋友,那你第一個女朋友是怎樣的人?」

「長得很漂亮,跟我站在一起很相配,身高一六五,雙魚座。」

「有沒有更具體一點的形容?比方說,她的個性什麼的。」

其實在我形容第一任女朋友的外表時,就已經在思考這個問題了。可是,我真的沒有特別印象。交往期間並沒有顯現出什麼差勁的個性,溫柔,笑起來真的很漂亮可愛，然後——

然後就這樣了吧。

我發現自己真的很不了解她。

「她就是很一般的個性。」我說，同時感到一絲絲傷感，我竟然印象如此淡薄。

「是嗎。」她有點無聊地應了一句。

「妳喜歡的那個人知道妳喜歡他嗎？」我重新發問。

生煎包點點頭，「知道。」

「妳主動跟他告白？」明明天氣愈來愈冷，但我的手心卻開始冒汗。

「應該說，到了那種程度，其實都應該知道了吧……」說到這裡，她的手機驀地響起，她看了一眼螢幕，我也看到了。

來電的人是「痞子班導」，她生活中還真多痞子。

喂？

……我沒事。

誰跟你說的？

……嗯，沒什麼。

……小柔很生氣。

我沒事啊。

就，感冒嘛。

……才沒有哭。

我嗎？現在在附近的公園。

沒事啦。

你不用管我。

……有是有，但那是有原因的。

我不想解釋，沒有必要。

說到這裡，她看了我一眼，隨即別開目光。

跟誰交往……是我的自由。

先這樣吧，再見。

她按掉手機，轉頭看我，「——你那什麼表情？好奇怪。」

「我奇怪？」我脫口而出，「妳才奇怪。」

「我哪裡奇怪了？」

「我看見妳手機上來電顯示是班導。」

「是啊，沒錯。我們班長，也就是徐嘉聲，把中午小柔跟我吵架的事跟班導報告了，那他就……打來關心一下。」

「所以很奇怪。」我不知為何有些火大，隱約感覺到了什麼，「一個正常的女生怎麼可能用那種語氣跟班導說話？」

「哪種語氣？」生煎包不知是打算裝傻還是不以為意。

我冷道，「那種語氣太奇怪了，像是平輩，像是朋友，像是——」

關係非比尋常的人。

「是說，」生煎包忽道，「你今天中午為什麼會突然跑來？」

「因為妳都沒回訊，覺得有點……」我決定不要使用「擔心」兩個字，「覺得有點不對勁。」

「不知道是你們班還是別班的女生，一直跑來我們班上問誰是申茉莉，然後還跟我們班上的女生說，申茉莉就是何書培的交往對象，所以小柔就知道了。」

「然後呢？」

「然後，她就找我談判啊……」生煎包的表情瞬間變得沉重無奈，「她覺得我耍心機搶男人，那個男人就是你。」

我不以為然，「心機？搶我？」

我是銀行嗎？最好是用搶的？

「嗯……畢竟，是她先注意到你的，也是她拉著我去看你演出的。」

「這是重點嗎？我根本連她是誰都搞不清楚。」

「而且，我跟你說要交往的事，也沒有跟她講，她很生氣。」

「是人都有自己的秘密，不是嗎？我還以為這個是基本常識哩。」愈聽愈覺得生煎包的同學有問題，生煎包也一樣，「妳們女生真的很流行這種的。」

「哪種的？」

「莫名其妙的約定還有友情戲碼，都不會厭煩嗎？妳不是喜歡看書嗎，難道沒有看過那個什麼比目魚還是金線魚的小說？女生的友情超不可靠的。」

生煎包皺起眉，邊咳邊問，「什麼啊……」

「我的意思，只要妳覺得自己沒有做錯，這樣就好了。誤解就是誤解，也不是好好說明就能有作用。」嗯，我都不知道自己原來也滿懂人生的嘛。

「是這樣嗎？」生煎包嘆了口氣，說道，「小柔的話後來我想了很久。或許，我真的做錯了吧。我的考慮也許並不符合她的需要，我覺得我是為了她好，可是卻沒有以她的角度想過。」

這是一顆很會自我檢討的包子。

我認真地望著她，「就算如此，難道在這份友情裡，就只有妳得顧及她，她都不必顧及妳嗎？」

生煎包側著頭看我，忽然輕笑。

在這個時間點發笑，這女生真的怪怪的。

「我很高興你這麼說。」生煎包說了一句出乎我意料的話，「有安慰到我。」

「我不是在安慰妳，我只是覺得沒必要用『友情』這種大帽子套在誰身上。」這是我發自內心的想法，不過也因為這樣，我並沒有什麼朋友。

「你比我想像中有意思呢。」生煎包說道，接著抬起手腕看了眼錶，「不知不覺已經這麼晚了，我該回家了。」

我點點頭，準備起身，「我送妳回去。」

「不用了。」

「要的，」我說，「萬一回家路上碰到有人找妳麻煩，那就麻煩了。」

生煎包站起來，拉好外套，揹上書包，「雖然已經說過，不過我還是再說一次：這次你的演技很真實，很棒，真的是個完美男朋友。」

奇怪了，到底為什麼老是覺得我在演戲?!為什麼?

第十三章・小茉

回家的路上何書培總是在「妳以前喜歡過的人」還有「妳跟老師講話的口氣很怪」這兩件事情上打轉。

他比我以為的還敏銳得多。

關於小柔的事何書培一點也不在意，反倒顯得我跟小柔似乎真的只是兩個鬧脾氣的傻丫頭。

「妳該不會覺得，妳們只要私下猜拳決定誰贏了可以得到我，就能無視我個人意願，真的跟我交往吧？」何書培不以為然地笑著，「如果談戀愛這麼容易就好了。」

他說的一點都沒錯。

快到家時，在某個車不太多的路口轉彎時，我跟何書培都看見了徐嘉聲。徐嘉聲也看見了我們，他微微舉起手，算是打了個招呼，轉身離開。我沒多想，但我知道何書培一直注視著徐嘉聲，直到徐嘉聲的背影消失為止。

□

回到家之後洗完澡換上睡衣，打算在床上躺一躺，但等到不知不覺咳醒時，已經是半夜兩點多了。

我爬下床，從書包裡拿出藥袋，去廚房倒了杯水吃藥。

兩顆小小的膠囊在掌心裡滾動了一下。

我想起何書培那張漂亮的側臉。

「妳覺得我在演戲？」

「如果不是演戲，那你現在是在幹嘛？……你為我做的這些……其實我也不知道你到底是不是在演戲。可是，那是最好最合理的解釋了。」

「妳不覺得還有更好更合理的解釋嗎？」

「不覺得。」

「像妳這麼聰明的女生，不會想不到，妳只是不打算去考慮那個『更好更合理的解釋』罷了。」

更好更合理的解釋。

關於何書培的。

像我這樣平凡的女孩子，當然有過那種「想被全校風雲人物喜歡上」的少女夢想，那樣的粉紅泡泡怎麼可能沒在心裡浮現過？只是，人生並不是少女漫畫，而我也沒資格成為少女漫畫女主角，又不天真善良又不漂亮，走出門連流浪貓都不屑我，更別說像漫畫女主角一樣身邊一堆小動物圍繞了。

想到這裡，我就覺得不會有什麼「更好更合理的解釋」。

即使有，那也只會是何書培一時興起吧。

回到房間我從書包裡拿出手機要充電，Line和戀人APP都有好幾則通知，何書培傳了幾則訊息問我好點了沒、在做什麼、吃晚飯了沒、吃藥了沒、睡了沒。Line的訊息只有一則，是銀河歐芮爾傳來的「好好照顧自己」。

我沒有回覆銀河歐芮爾的訊息，而是回覆了何書培的。

我不知道為什麼做出這樣的決定，不過沒什麼不好。

何書培今天下午的問題讓我想了很久，我對於該保持的距離和態度，並沒有處理得很好，以後不能再用那種沒大沒小的語氣跟某人說話。畢竟，現在只是也只能是師生關係……

戀人APP忽然響起，它很神奇地附有語音通話功能，我被鈴聲嚇了一跳，很快地接起。

「喂？」

「我以為妳怎麼了。」何書培的聲音透過電話後變得稍稍低沉。

「回家洗完澡之後就不小心睡著了，睡到剛剛。」

「晚飯跟藥呢？」

「晚飯當然錯過了，剛剛去廚房吃了藥。」

「餓嗎？」

在他問起之前其實沒有感覺，現在才忽然覺得肚子空空的。「有一點。」

「家裡有東西吃嗎？」

「大概就是泡麵吧。你怎麼醒著？被我訊息聲吵醒了嗎？」

「不是。就是睡不著。」何書培的語氣很平緩，像是在說著公園裡的某棵樹有著綠色葉片那樣日常，「我在想妳的事。」

我沉默了，不知道該說些什麼。

所以，何書培不是在捉弄我，也不是在訓練演技嗎？

何書培逕自說道，「我想了很久。」

「嗯。」

「我從來沒有對女生這樣過。」
好比說利用她來訓練演技之類的？
「對女生哪樣過？」
「對女生這麼掛心過。想知道妳在做什麼，看到什麼東西都會想到妳，會在意妳好不好，會想知道妳喜歡什麼東西，會擔心妳喜歡什麼人……」何書培的聲音透過手機話筒，帶著某種讓人放鬆的柔和。他續道，「妳不是我喜歡的類型，至少外貌不是——」
「謝謝你喔！」我忍不住打斷他。奇怪你到底是打來幹嘛的？
他笑了，還是低而緩地說著，「可是呢，我就是會一直想著妳。今天，不，昨天，在公園前面，替妳買完咖啡之後，我站在那裡看了妳很久。回家之後，打開課本打開筆記本，想的還是妳。」
「……」我不知如何接話，只能靜靜聽著。
「妳說妳有喜歡過，而且還沒忘掉的人……這讓我很焦慮。不過也就因為這樣的焦慮，所以我知道了結論。雖然，我想不管是妳還是我，可能都覺得這個結論很突然，或者來得有些莫名其妙。可是誰知道呢？哪有人能控制自己的喜歡會在什麼時候被什麼人按下開關，不是嗎？

「我知道妳會覺得我在練習演技還是開玩笑、惡作劇，不過我不是。我思考了很久，不知道該怎麼讓妳相信比較好，後來我跑去問了我老姊——妳記得吧？版稅很低的小說家——她說，用說的永遠比不上行動，喔對了，她還很沒品的搶我手機，看到我們在APP首頁的合照，希望妳別介意。

「總之，她說到一個重點——用說的永遠比不上行動——我覺得很正確。所以，從今以後我決定要好好努力，努力到妳相信我是真的喜歡妳為止。大概是這樣。」

我腦中一片空白，只發出了弱弱的「嗯」聲回應。

他不以為意，又說道，「不用在這個時刻決定什麼，就當成這是觀察期，觀察我，也觀察妳自己，妳覺得怎麼樣？」

「我真心覺得你是謊報年齡的高中生，這話像是高中男生會講的嗎？」

說完馬上後悔了，在這種時候我所做的第一件事竟然是吐槽他，天哪，我到底在幹嘛？

「妳可能忘了，我是一個認真準備演出的演員，理所當然研究過很多超齡的劇本和故事。」

話雖如此，但在你之前的演技上真的是一點兒都沒表現出來——此刻的我只好用這樣的內心吐槽來緩和驚訝與慌亂。

我的手放在胸前，清楚感到自己的心怦怦亂跳。我承認自己對於「何書培說不定真的喜歡我」這件事還是抱持著百萬分之一的希望，但如今他忽然親口說出來，卻讓我一時亂了方寸，完全不知道該如何看待這件事。

開心，有的；緊張，有的；甜蜜，有的；羞澀，有的；還有更多更多的不安。太多太多的情緒從四面八方湧上心頭，狠狠擠壓著我，我幾乎都快透不過氣了。

「……妳還好嗎？」他低低問了句。

「不，不好。」我沒想到自己的語氣聽起來不但不強硬，反而有種撒嬌感，糟糕。我說，「太突然了……我……一時間不知道該怎麼辦才好。」

他輕笑了，「妳什麼都不必做，就照妳現在這樣，這樣很好。」

我深呼吸了幾次，「……你真覺得我現在這樣就好？」

「是我要追妳，又不是妳要追我，妳就做自己吧。」

「可是……」想了想，我還是硬著頭皮提醒何書培，「我說過，我曾經喜歡過別人。」

「妳也說過，都活到了十八歲，要是沒喜歡過什麼人，也太奇怪。」

「但是那個人……」雖然跟那個人沒有正式在一起，但他比你更早牽過我的手。

他清了清喉嚨，說道，「妳說過妳還沒有忘記那個人，沒關係，如果我不能讓妳忘掉他，那妳也不必跟我在一起了，不是嗎？」

這話倒是說得霸氣，一天之間我對何書培刮目相看了好幾次。

「我沒想到你會這麼說。」這是實話。

「我沒想到自己竟然會這麼想，也願意這麼做，說出來不怕妳笑，以前並沒有產生過這樣的心情，所以我才會知道，原來自己真的喜歡上妳了。」他依舊用著平靜的口吻述說著，「妳是第一個帶給我這種心情的女孩子。」

「……是這樣嗎？」甜甜的，酸酸的，有點想哭，也有點想尖叫。

「我知道這對我們都是考驗，誰也不知道以後的發展會是什麼，不過我想跟隨著自己的心情，妳明白我的意思嗎？」

我咬著唇，過了好一會兒才回答，「明白。」

「啊！」何書培忽地發出一聲介於呼喊和嘆息之間的聲音，「——說出來之後，覺得舒服多了。」

我不禁噗一聲笑出來，覺得暖暖的。「有這麼嚴重嗎？」

「很嚴重，明天有好幾科都要小考，結果我只忙著在紙上寫妳的名字。」

「噗。這個就是所謂的甜言蜜語嗎？」

何書培聞言笑了，「真的是小笨蛋。」

後來那天晚上結束通話後，我並沒有睡。

我坐在床上，抱著枕頭和手機，呆呆看著窗外。

如果是電影或漫畫，我應該要看著夜空然後得到些什麼我要追尋幸福之類的結論，現實則是，我就這樣一路發呆到天亮。

真的是發呆，腦裡空空的，什麼也沒有，就這樣到了天亮。

□

我當然問過自己，到底喜不喜歡何書培。

可是，在我即將觸碰到那個答案時，反倒自己後退了。

也許最終的謎底，就留給時間，再慢慢揭開。

最終章・書培

生煎包一直沒跟我提他們班上的情況，是陳望峰不知從哪裡聽到的消息，說生煎包跟她的好同學仍然僵著，而班上一部分的女生立場鮮明，跟那個女生聯合起來排擠生煎包。偶爾在必須分組時，那顆包子成為無主孤魂，而最後通常都是禮班的班長徐嘉聲伸出援手收留她。

她從來沒跟我抱怨過。

專程來找我的，反而是徐嘉聲。

那天天氣有點陰，徐嘉聲在戲劇社社辦外和我說了幾句。

禮班班上並不是每個女生都討厭生煎包，有一半是為了不想得罪另外那個女生，所以才和生煎包保持距離。徐嘉聲也告訴我，池田陽菜去了他們班上幾次，都在教室外張望，什麼都沒說。

「……謝謝你告訴我這些。」我說。

徐嘉聲臉色沒很好，「為了跟你在一起，小茉過得很辛苦。」

「我想也是。」

我沒讓生煎包知道，池田陽菜後來又找了我幾次，希望我重新考慮交往的事。好吧，不只池田——自從我跟生煎包的關係曝光之後，陸續有幾個女孩子提出了和池田陽菜一樣的要求：**甩了那個申茉莉，她配不上你，還是考慮我吧。**

女孩子們要不要來告白是她們的自由，而我喜歡誰，想跟誰在一起是我的自由，沒有人可以決定我的感情，同樣的，我也不會跟誰說妳就別喜歡我了，那是她們的選擇，與我無關。

「……謝謝你照顧她。」我對徐嘉聲說。

徐嘉聲泛起苦笑，沒說話，他是個不擅言語的人。

「我想，班上的女生，應該過陣子就不會再排擠小茉了，」徐嘉聲臨走前說道，「我覺得蔡品柔的說法很無理取鬧，支持她的那票女生，也不過就是藉機會可以公開霸凌某個人而已。說到底，沒有誰真心在意蔡品柔的事。」

我點點頭，忽然覺得那顆包子真的很與眾不同，我就知道自己很有眼光。

「你，要好好照顧小茉。」徐嘉聲有些不情願地說完，轉身離去。

看著徐嘉聲走下樓梯，我有種微妙的預感——說不定我跟他能成為朋友。

我不知這預感從何而來，很可能真的只是我自己無聊的突發奇想罷了。

□

戀人 APP 上顯示，我跟生煎包已經「交往」了近三十天。

雖然掛著「交往」，事實上還是「追求中」。我不想深究她到底喜歡上我了沒有；有很多事，即使沒有明確的宣誓，從很多小細節也能感受到。

每次打開這個 APP，我就免不了想起她曾說過的話——**我有曾經喜歡過，還沒完全忘記的人**。

這個戀人專用 APP，是那個人告訴她的吧？她是不是也跟那個人一起記錄過兩人相處的點點滴滴？那個人為什麼最後沒有跟她在一起？還有，那個人現在呢？他是誰？

這些問題一直一直在我心裡盤旋不去，簡直就像在屍體旁邊打轉的禿鷹，根本趕也趕不走。好幾次我想維持形象，假裝大方，假裝豁達，假裝不經意地試探，可是都被她看穿。

她沒生氣，只是笑著說，總有一天會當成故事說給我聽。

故事，就是「過去發生過的事」，我想我可以解讀成，那個人在她心裡，已經不會再繼續生根了。

「……你在想什麼？看起來好認真。」

不知何時生煎包已經來到我身邊，今天是寒流，她的鼻子和有著酒渦的臉頰都凍得紅紅的。啊，今天不是生煎包，是壽桃啊。

我舉起手機，「APP 提醒，交往即將滿一個月。」

她臉上閃過一抹羞澀，隨即輕快地笑了，「好搞笑的 APP。」

「欸，」我忽然問道，「這個戀人 APP，是『他』告訴妳的，對嗎？」

生煎包先是一愣，接著有點不悅，最後換上無可奈何的表情，在我身邊坐下，「你真的這麼想知道？」

「想，很想。」

「那，要聽故事嗎？我先說好，不可以生氣，再怎麼說那也是遇見你之前的事了。」

我點點頭，「不生氣，保證不生氣。」

「嗯，你這人信用程度還可以，那我就勉為其難相信你一次。」生煎包平靜地說道，「你知道『魔獸世界』吧？我跟那個人就是在上面認識的。我們同個公會，暱稱裡很碰巧都有個少見的『芮』字，我叫『普芮思』，他叫『歐芮爾』，這種巧合讓我們注意到彼此……一開始就是大家一起在公會頻道聊天，後來慢慢發現好像只有我跟他有共通笑點，就開始兩個人聊天。

「之後當然也交換了Line。他比我大很多。就像我之前說過的，很痞，總是能逗我笑。後來北部網聚見了面，見面之後互動更頻繁了。你說的APP，確實是他告訴我的，我也不否認跟他真的差一點就在一起了，但，後來還是沒結果……總之就是這麼一回事吧。」

不算很長的故事。

我沒生氣，卻覺得有點難過。

這難過從何而來並不清楚，或許是因她受傷而難過。

「……為什麼最後沒結果？」我問。

生煎包看著我，咬著唇，認真地回覆，「如果我們到畢業的時候還在一起，到時再跟你說。」

「嗯。」我還是好奇，但不想強迫她。

「謝謝。」她說，「你知道我謝你什麼吧？」她又咬唇，都咬出痕跡了。

「知道，謝我不追問，對吧？」

她點點頭，正要開口時，我吻上了她。

這次可不是臉頰了。

她嚇了一跳，而我也是。是完全不在計劃內，也未曾考慮其他的吻，只是看著她咬唇，就造成這樣的結果。

我伸出雙手扶著她顫抖的肩，只想讓她明白，關於我的心情，我的喜歡。

我相信終有一天，她的心裡會裝滿我，還有我對她的喜歡。

在那之前，就這樣繼續吻下去吧。

我愛　是因為我存在
我們認真感慨　是因為
青春住了誰　改變我的姿態

——〈青春住了誰〉．楊丞琳．詞／吳青峰．曲／蘇亦承

The End

番外．歐芮爾與普芮思

——……我覺得你適合抽捲菸。

——為什麼一個高中生知道什麼是捲菸？

——為什麼你老是瞧不起高中生？

——那妳說，為什麼我適合抽捲菸？

——因為你看起來超級痞。

——……

——嘿嘿。

——妳覺得我本人痞，還是照片痞？

——都、很、痞。

——那之後，妳要幫這個痞子捲菸嗎？

——如果你的菸草都買我喜歡的口味，那我可以考慮。

——妳為什麼知道菸草還有分口味？

——這你也好奇？

——好奇啊。

——無聊。

——說嘛。

——因為我爸是老菸槍，父親節我都會買菸草送他，可以了吧。

——喔喔，那妳會幫妳爸捲菸嗎？

——這世上有種東西叫捲菸器……反正他喜歡自己捲啦。

——那以後妳就負責幫我捲菸吧，一天二十根就好。

——才不要。

——可不是隨便什麼人都有資格碰我的菸。

——噗。

□

——這個是什麼 APP？

——戀人專用 APP。

——咦？

——就玩玩看吧。

——為什麼我要跟你玩這個?我跟你又沒有在一起。

——就當成測試好了。如果能用滿一百天，我們就在一起，怎麼樣?

——我還未成年喔，你這是誘拐未成年少女。

——我也還沒滿三十喔，現在給妳機會誘拐未成熟大叔，很公平吧。

——白痴耶你。

——哈哈。

□

——妳真的是聖林高中的學生?

——嗯。

——……好。

——那，現在怎麼辦?

——我不知道，目前什麼都想不到。

——……我聽到你點菸的聲音。

——嗯……要我熄掉嗎？
——不用。我覺得……
——嗯？
——算了，沒事。
——就說吧。
——……既然知道了你就要到聖林教書，那……
——那怎樣？
——我也許就……
——嗯？
——不是那個能替你捲菸的人了。
——……
——先這樣吧，我掛電話了。
——……等等。
——還有什麼事？
——不知道。只是不想就這樣結束，這通電話。
——但也不可能就這樣下去。

——不行嗎？

——不管是電話，還是我們。

——是嗎？

——你現在是不是去窗邊抽菸了？

——聽得到？

——嗯，聽到外頭的車聲了。

——妳這小鬼。

——你這痞子。

——就這樣吧……也不是小說也不是電影……太困難了。你好不容易才拿到我們學校的教師聘書，不是嗎？

——早知道就去教國中國小了。

——這世上最不可能出現的，就是「早知道」。

□

——怎麼會打給我？

——有件事，我想跟妳說一聲比較好。
——什麼事？你專程打來，我覺得好可怕。
——是有點可怕。
——唔？
——九月開學，我是二年禮班的班導。
——……
——以後不只會在學校擦肩而過，還會天天見面。
——是嗎……
——我也很意外。
——嗯……
——妳還好嗎？
——我嗎？
——嗯。
——就那樣吧。那個APP我移除了。
——嗯。
——……

——跟妳說。

——嗯？

——我重新抽回Dunhill了。

——之前不是買了一堆菸草菸紙嗎？

——對啊，妳還叫我買了很多奇怪口味。

——呵。

——總之，都送人了。

——是嗎。

——反正，也沒人會替我捲菸了。

——……你最近還有上線嗎？

——上去看過一兩次。

——我好久沒上去了。

——公會裡的大家都想念普芮思。

——大家應該更想念歐芮爾。

——……妳也是「大家」嗎？

——……你期待怎樣的答案？

——抱歉。

——沒事我要去看電視了。欸，是說，以後你當班導，可以少發一點練習卷嗎？

——哈。

——沒啦，我隨便說說而已……再見。

——等一下。

——嗯？

——那個，歌單我更新了。

——加了誰的歌？

——Jon Bon Jovi.

——〈It's My Life〉？

——〈You Want To Make A Memory〉.

——No, I don't want to.

——That's why I like talking to you.

□

If you go now, I'll understand,
If you stay, hey, I got a plan,
You wanna make a memory,
You wanna steal a piece of time,
You could sing a melody to me,
And I could write a couple Lines,
You wanna make a memory...

——（You Want To）Make A Memory · Bon Jovi

後記

耶耶，又和大家見面了，開心！

雖然上次在《戀人未滿》的後記裡提過，《戀人未滿》是本Xi最不浪漫的故事，不過，這次的《戀愛偏差值》可以說完全超越了，是本Xi作品裡，目前最不浪漫的一個。

就像本Xi常說的，愛情有很多種，這次的故事描寫的除了青澀的愛情外，更多的部分在於學生時代大家那份充滿不確定感的心情。

所謂「戀愛」或者「在一起」到底是什麼呢？

在談戀愛之前，難免有各式各樣的幻想，而且通常這些幻想很容易傾向過於美好，然後，在真正陷入戀愛之後，才發現兩個人之間其實跟浪漫電影或者夢幻小說並不一樣。

何書培是個目標明確的男孩子，有他的缺點和幼稚的一面，例如只看女生外表，個性有點差勁，甚至仗著自己帥氣就自戀沒禮貌，他很可能是本Xi筆下缺點最多的男主角。可是呢，也會是最真實的，畢竟在這世界上絕大部分的人都幼稚過XD。

雖然何書培除了外表之外一無可取（？），不過誠實面對自己，可以說是他很大的優點。認識了小茉之後，他的想法逐一有了改變，能遇見讓自己想法有所不同的人，或者是可以帶給自己全新思考方向的人，是很棒的相遇。

跟那種非常純粹的愛情比起來，這種帶有互相成長意味的相遇與磨合，就是《戀愛偏差值》想要表達的重點；雖然本Xi也知道作者想講的跟讀者北鼻感受到的完全是兩碼事XD。

至於小茉呢，小茉很單純。

想很多，但個性還是很單純的。

她在遊戲裡喜歡上了網友「銀河歐芮爾」，兩個人約好了如果這種感覺持續一百天就要在一起，沒想到之後才發現銀河歐芮爾竟然就是小茉同校老師，而且高二時還成了班導，兩個人理所當然地同時往後退了。

對小茉來說，這是個未完成的初戀，可是她也清楚明白，跟銀河歐芮爾在一起是不可能的；她不敢，銀河歐芮爾也一樣。這時華麗花瓶冒險王何書培的出現，有效地讓小茉轉移了注意力。

雖然一開始兩個人根本只是在互相賭氣，不過，能夠慢慢了解彼此而產生感情，本Xi覺得這種愛情很不錯（羞）。

愛情本身有各種面貌，而這些多樣性也會隨著我們自身的年紀和所處環境有所不同，或許正是因為如此，所以愛情小說才能怎麼寫也寫不完吧。

總之，這是個成長意味或自我了解大於愛情的故事。

如果是跟本Xi一樣，距離高中已經有段時間的讀者朋友，希望這個故事能喚起你／妳學生時代的回憶；如果還是學生的讀者北鼻，更希望這個故事能多少獲得你／妳一點點的共鳴。

期待下次再會，謝謝大家買了這本書，衷心期待這個故事能陪伴大家度過一小段美好時光。

袁晞

All about Love / 32

戀愛偏差值

國家圖書館出版品預行編目資料
戀愛偏差值／袁晞 著.
—初版.—臺北市：春天出版國際, 2017.12
面；公分.—（All about Love ；32）
ISBN 978-986-95429-7-5（平裝）
857.7　　106016684

ISBN 978-986-95429-7-5
Printed in Taiwan

作　者　袁晞
總編輯　莊宜勳
企劃主編　鍾靈
責任編輯　黃郁潔
封面設計　三石設計

出版者　春天出版國際文化有限公司
地　址　台北市信義區信義路四段458號3樓
電　話　02-7718-0898
傳　真　02-7718-2388
E－mail　frank.spring@msa.hinet.net
網　址　http://www.bookspring.com.tw
部落格　http://blog.pixnet.net/bookspring
郵政帳號　19705538
戶　名　春天出版國際文化有限公司
法律顧問　蕭顯忠律師事務所
出版日期　二〇一七年十二月初版
定　價　190元

總經銷　楨德圖書事業有限公司
地　址　新北市新店區寶興路45巷6弄6號5樓
電　話　02-8919-3186
傳　真　02-8914-5524